COLLECTION J. VERMOT

SÉRIE A 2 FRANCS LE VOLUME GRAND IN-18

Beaux volumes (format Charpentier) de 400 pages

ALPHONSE BALLEYDIER.

VEILLÉES MILITAIRES. 1 vol.
VEILLÉES DE FAMILLE. 1 vol.
VEILLÉES MARITIMES. 1 vol.
VEILLÉES DU PEUPLE. 1 vol.
VEILLÉES DE VACANCES. 1 vol.

VICOMTE WALSH.

CONTES ET NOUVELLES. 1re série. 1 vol.
CONTES ET NOUVELLES. 2e série. 1 vol.
SOUVENIRS HISTORIQUES, 2e édition. 1 vol.
YVON LE BRETON. 2e édition. 1 vol.
GILLES DE BRETAGNE, ou le Fra... chronique du XVe siècle, 7e édition. 2 volumes.
LETTRES VENDÉENNES, ou Correspondance de trois amis en 1823, 8e édition. 2 volumes.
TABLEAU POÉTIQUE des Fêtes chrétiennes. 1 volume.
TABLEAU POÉTIQUE des Sacrements. 2 volumes.

A. DEVOILLE.

LA CHARRUE ET LE COMPTOIR. 2e édition. 1 volume.
LE TOUR DE FRANCE. 1 volume.
MÉMOIRES D'UNE MÈRE DE FAMILLE. 1 volume.
LE CERCLE DE FER. 1 volume.
LE PROSCRIT. 1 volume.
LES PRISONNIERS DE LA TERREUR. 1 volume.
LES TRAVAILLEURS. 2e édit. 1 vol.
MÉMOIRES D'UN CURÉ DE CAMPAGNE. 2e édition. 1 volume.
LA CROIX DU SUD. 1 volume.
L'ÉTOILE DU MATIN. 1 volume.
LA CLOCHE DE LOUVILLE. 1 vol.
LA FIANCÉE DE BESANÇON. 2 v.
MÉMOIRES D'UN VIEUX PAYSAN. 2e édition. 1 volume.
UN INTÉRIEUR. 2 volumes.
VENGEANCE, ou une Scène au désert. 2 volumes.
LA PRISONNIÈRE DE LA TOUR. 1 volume.
LES CROISÉS. 1 volume.
LE SIÈGE DE PARIS. 1 volume.

Mme D'ALTENHEIM (GABRIELLE SOUMET).

LES MARGUERITES DE FRANCE, et Nouvelles filiales. 1 v. de 404 pag.
LES DEUX FRÈRES, ou Dieu pardonne. 1 volume.
LES ANGES D'ISRAEL, ou les Gloires de la Bible. 1 vol. de près de 600 pag.

A. CORDIER (DE TOURS).

VEILLÉES FLAMANDES. 1re sér. 1 v.
— — 2e sér. 1 v.
VIE DE Mme ÉLISABETH DE FRANCE. 1 volume.
VEILLÉES AU COIN DU FEU. 1 volume in-12 de 406 pages.
LA LYRE DES ENFANTS. 1 volume.

TH. BELAMY.

ROME. Impressions et Souvenirs. 2 vol.

DE BUSSY.

VEILLÉES SUR MER ET SUR TERRE. 1 volume.

LES DEUX MOULINS. 1 volume.

LÉGENDES ET SOUVENIRS. 1 vol.

J. LOISEAU DE BISOT.

VEILLÉES AMUSANTES, Scènes variées, Faits intéressants, Anecdotes piquantes, Bons Mots, etc., qui contribuent plus d'une fois à ranimer une conversation languissante et à ramener une gaieté franche et honnête dans les réunions du soir. 1 vol.

POUJOULAT.

LITTÉRATURE CONTEMPORAINE. 1 vol.

A. NETTEMENT.

VIE DE Mme LA MARQUISE DE LA ROCHEJACQUELEIN. 1 vol.

DES ESSARTS.

LE TOUR DU CADRAN. 1 volume.

Mme LA COMTESSE DROHOJOWSKA.

LES FAUX VISAGES. 1 volume.

DE L'ESPINOIS.

VIE DU DAUPHIN PÈRE DE LOUIS XVI. 1 volume.

DE CHATEAUBRIAND.

GÉNIE DU CHRISTIANISME. 1 vol.
ITINÉRAIRE DE PARIS A JÉRUSALEM. 1 vol.
LES MARTYRS. 1 vol.
VOYAGES ET MÉLANGES. 1 vol.

SCHMIDT.

ŒUVRES. 4 volumes.

COOPER.

LE DERNIER DES MOHICANS. 1 v.

PARIS. — IMP. SIMON RAÇON ET COMP., RUE D'ERFURTH, 1.

LE ROSIER DU ROI

LE
ROSIER DU ROI

PAR

Mme LA COMTESSE DE BASSANVILLE

ÉLÈVE DE Mme CAMPAN

PARIS
LIBRAIRIE D'ÉDUCATION
GÉRANT : AMABLE RIGAUD, ÉDITEUR
33, Quai des Augustins, 33

LE ROSIER DU ROI.

SCÈNES DE LA VIE INTIME

A travers les lattes serrées d'une légère persienne, vous pouvez voir, placée dans un riche vase de porcelaine de Chine, une superbe rose du roi levant sa tête altière et répandant autour d'elle son parfum digne des dieux. Mais si vos yeux, sans s'arrêter sur elle, parcourent le salon splendide dont cette royale fleur est tributaire, la lumière du soleil en pénétrant joyeusement, quoique avec mystère, à travers cette barrière qui garantit la croisée entr'ouverte, vous permettra de voir quelque chose de plus charmant encore que la charmante rose elle-même : à demi couchée sur un canapé placé dans un profond renfoncement, et absorbée dans la lecture d'un livre, repose une jeune fille rivale de l'aimable fleur. Son teint est pâle, son beau front rayonne d'intelligence, l'expression de son visage révèle la hauteur de ses pensées; les longs cils de ses yeux sont abaissés vers la terre, et le sourire de sa bouche est mélangé de tristesse et de douceur.

Tout à coup une porte qui s'ouvre bruyamment et une voix jeune, joyeuse et argentine, la sortent brusquement de la rêverie méditative dans laquelle elle semblait plongée.

— Hélène! Hélène! s'écria une charmante jeune fille en entrant dans le salon moitié en marchant, moitié en dansant, tant ses pieds semblaient peu tenir à la terre, laissez donc ce méchant livre qui vous absorbe depuis plus d'une heure, et daignez, je vous prie, descendre de votre nuage pour causer un moment avec votre petite amie, simple mortelle de seize ans. — Est-il vrai, comme vient de me l'assurer la femme de chambre de ma mère, que vous alliez partir pour passer trois grands mois dans votre famille? Vous me voyez joyeuse, parce que je n'en crois pas un mot; dépêchez-vous donc et dites-moi au plus vite que Catherine n'est qu'une menteuse, et j'irai le lui répéter aussitôt, pour la punir de vouloir m'affliger par ses mauvaises nouvelles.

— Non, ma chère Florence, Catherine n'est point une menteuse, et je pars effectivement, et cela demain matin même, pour aller soigner mon pauvre père, qui est malade. Madame votre mère m'accorde ce congé, et j'espère que vos études n'en souffriront pas; promettez-le moi, Florence, si vous voulez que je sois tout entière au bonheur de revoir mes chers parents, dont je suis séparée depuis si longtemps, vous le savez...

— Je sais... je sais... interrompit vivement Florence, la mine boudeuse et les yeux remplis de larmes, que c'est fort mal de me quitter ainsi... Mais puisque c'est pour votre bonheur, dites-vous, ne parlons donc plus de moi; seulement, je pensais tout à l'heure à ce que vous pourriez faire de votre rosier favori, si vous entrepreniez par hasard, ce maudit voyage de Provence dont Catherine venait de me menacer; car vous savez que les domestiques n'en auraient aucun soin et que ce serait bien triste de le laisser à la garde d'une tête sans cervelle comme la mienne. J'aime les fleurs, il est vrai; mais les fleurs formant un beau bouquet tout coupé, tout lié, pour m'en parer dans un bal; mais quand aux soins à donner aux plantes, comme de les tailler, de les écheniller, je n'y connais rien, et je m'en soucie peu, je vous assure.

— Tranquillisez-vous, Florence, j'ai déjà trouvé un asile pour mon favori; et je ne compte pas vous embarrasser en aucune manière, dit Hélène en souriant.

— Ah! vous comptez alors le donner en garde au jardinier de notre belle voisine, la baronne anglaise dont j'oublie toujours le nom? fit Florence avec curiosité. Il sera fort bien dans sa serre magnifique, remplie d'arbustes de tous les pays.

— J'en suis fâchée pour votre perspicacité, chère Florence, répondit Hélène; mais je ne mets pas mon favori en garde; je le donne a quelqu'un.

— Et à qui donc, s'il vous plaît? vous avez si peu d'amis ici! dit Florence d'un air piqué.

Hélène leva ses beaux yeux vers le ciel, et des larmes brûlantes glissèrent lentement le long de ses joues.

En voyant cette douleur muette, Florence, au désespoir d'en avoir fait naître la cause, se jeta au cou de sa jeune institutrice pour lui en demander mille fois pardon; car, ainsi que vous avez dû le comprendre, chères lectrices, Florence était une enfant gâtée dont la pauvre Hélène, dont la famille ne possédait aucune fortune, se trouvait chargée de diriger l'éducation; et, comme là se borne tout l'historique du passé de la liaison de nos deux jeunes héroïnes, nous allons reprendre notre récit.

Après être parvenue à consoler ou du moins à calmer la douleur d'Hélène, douleur qui se renouvelait sans cesse, car Hélène sentait cruellement sa séparation d'avec les êtres qui lui étaient chers, Florence, dont la curiosité ne s'était pas endormie, reprit aussitôt ses questions :

— Voyons, Hélène, soyez tout à fait bonne et dites-moi à qui vous donnez votre rosier? demanda-t-elle avec câlinerie.

— Mais qu'est-ce que cela vous fait, mon enfant, puisque vous me l'avez refusé même avant que je vous en fasse l'offre? fit la jeune institutrice en souriant avec amertume. D'ailleurs, vous trouverez que ce cadeau est une très-singulière fantaisie...

— Vous êtes une méchante de piquer ainsi ma curiosité, s'écria Florence, dont les yeux s'animaient de colère contenue. Dites-moi vite cette fantaisie, ou...

— Je vais vous la dire, calmez-vous, fit vivement Hélène, qui voulut éviter un moment de vivacité fâcheuse chez son élève. Eh bien, vous connaissez, Florence, cette petite fille pâle à laquelle madame votre mère donne du linge à coudre...

— Quoi! à la petite Gertrude Giroux!... quelle absurdité, Hélène!... Voici encore une de vos manies de grand'mère, de vieille fille... Vous habillez des poupées pour de vilaines petites pauvresses; vous faites des chemises et vous tricotez des bas pour tous les petits sagouins d'enfants de la paroisse... Il ne vous manque plus, en vérité, pour couronner l'œuvre, que d'octroyer un délicieux rosier qui vous a été donné par ma mère, le jour de votre fête, rosier votre favori enfin, à une méchante ouvrière en linge. Et que voulez-vous, je vous prie, que des gens si misérables fassent de fleurs ?

— Justement ce que j'en fais moi-même, qui suis aussi pauvre qu'eux, répondit Hélène avec calme. N'avez-vous pas remarqué que cette petite ne vient jamais ici sans regarder avec beaucoup d'intérêt l'épanouissement des boutons; et ne vous rappelez-vous pas que, l'autre jour, elle me demanda si je voulais permettre à sa mère de venir voir mon rosier, parce qu'elle aime beaucoup les fleurs, sa mère ?...

— Mais, Hélène, vous ne donnerez pas à ces malheureux le vase qui le renferme, je suppose; ma mère s'en formaliserait... D'ailleurs, faites-vous un moment l'idée de votre délicieux rosier posé sur une table boîteuse, et étouffé dans une petite chambre étroite et sombre, où la mère Giroux et sa fille boivent, mangent, dorment et travaillent, et vous en aurez pitié.

— Et vous ne pensez pas que c'est justement parce que ces pauvres gens consacrent tout leur temps au travail, n'ayant d'autre vue, de leur fenêtre, que des murs en briques et une rue fangeuse, qu'une fleur comme celle-ci leur procurera une jouissance inexprimable ! Aussi, quoi que vous en disiez, je compte assez sur la bonté de madame votre mère pour donner à Gertrude mon rosier au grand complet.

— Pouah ! Hélène, pouah ! ma chère, vous êtes tout sentiment, et vous croyez que les pauvres gens en ont aussi... Pour moi, je pense qu'ils n'ont pas le temps d'y songer; en outre, je ne crois pas qu'il puisse se développer chez eux. Le sentiment, c'est une fleur de serre accoutumée à vivre dans une atmosphère douce et pure.

— Fi! de vos fausses idées, Florence, reprit sévèrement Hélène; les fleurs valent mieux que vous et ne s'enquièrent jamais si leur propriétaire est riche ou pauvre. Les belles choses que Dieu a faites sont des dons pour tous; il aime les pauvres lui! N'a-t-il pas dit : « *Mon royaume n'est pas de ce monde.* » Et vous verrez que mon beau rosier fleurira tout aussi bien et paraîtra mille fois plus beau encore dans l'humble chambrette de ma protégée que dans le riche et luxueux salon de votre respectable mère.

— A la bonne heure!... Mais toute votre morale n'empêche pas que le présent que vous voulez faire soit au moins singulier; car si je veux parler morale à mon tour, je vous dirai qu'on donne aux pauvres gens des objets utiles ou de l'argent, mais qu'on ne leur donne pas des fleurs.

— On donne ce que l'on a, et Dieu vous en tient compte, répondit Hélène avec dignité. « *Je vous rendrai au centuple un verre d'eau donné en mon nom,* » nous dit-il. Eh bien, que ceux qui sont riches pourvoient aux besoins pressants des malheureux, ils ne feront que leur devoir; mais moi, qui suis pauvre comme eux, qui ne peut leur donner mon argent, puisqu'il est destiné à l'entretien de ma famille, je leur fais partager mes jouissances. N'est-ce pas tout ce que j'ai? et ne fais-je donc pas alors plus que les riches, qui ne donnent que leur plus complet superflu? D'ailleurs, pourquoi arrive-t-il si souvent que nous voyons sur une fenêtre de mansarde un géranium, ou un rosier, ou un œillet, ou toute autre fleur enfin, entretenue avec tant de soin dans une vieille marmite fendue ou un vieux vase cassé appartenant aux gens les plus pauvres? Ne sont-ce pas là des exemples qui nous montrent que le cœur humain aspire au beau dans toutes les classes de la société?... Vous devez vous souvenir, d'ailleurs, Florence, comment votre femme de chambre passa toute une longue nuit, après une journée de travail pénible, pour faire une jolie petite robe de mousseline doublée de rose à l'enfant de sa sœur, qui n'est qu'une pauvre blanchisseuse, pour l'habiller le jour de son baptême.

— Oui. Et je me souviens aussi combien je me suis moquée de vous, parce que vous avez partagé la veillée de Julie, pour compléter la toilette du poupon par le plus coquet petit bonnet qu'il se puisse jamais voir!

— Eh bien, Florence, vous qui avez du cœur, consultez-le un instant et demandez-lui si le ravissement qu'a dû éprouver la pauvre mère en voyant son enfant paré de sa belle robe et de son bonnet neuf n'avait pas quelque chose de céleste; et permettez-moi alors de croire fermement que mon humble et modeste cadeau ne lui a pas fait moins de plaisir que si je lui avais donné un sac de pommes de terre ou un boisseau de farine, dons que vous classiez parmi les choses *utiles*, je suppose?... Vous voyez donc bien, mon enfant, que pour bien donner il faut savoir offrir, et que la charité, si elle est la plus douce de toutes les vertus, en est aussi la plus susceptible.

— Allons! aujourd'hui comme toujours, vous avez encore raison contre moi, ma très-chère Hélène; car jusqu'ici je n'avais jamais pensé à donner aux pauvres autre chose que ce que je donne à mon joli Fly : c'est-à-dire de quoi boire et de quoi manger; et encore, à mon petit chien, je choisis des gourmandises, tandis que pour les malheureux, je croyais que c'était toujours assez bon pour les empêcher de mourir de faim. Ma charité, à votre compte, devait être de l'orgueil, et rien de plus...

— Peut-être un peu, chère petite, fit en souriant Hélène car, enfin, si notre Père céleste ne s'était préoccupé que de nos besoins matériels, le monde ne nous offrirait de toutes parts que l'aspect indigeste de piles de provisions, d'argent, de vivres et de comestibles de toutes espèces, au lieu de nous offrir cette variété admirable d'arbres, de fontaines, de ruisseaux, de fleurs, de fruits, d'oiseaux, qui nous enchantent.

— Accordé! accordé! ma très-chère; je pense que vous avez mille fois raison, je vous le répète; mais, pour l'amour du ciel, ayez pitié de ma pauvre tête : elle est trop petite pour contenir tant d'idées nouvelles à la fois. Ainsi donc, donnez rosier et vase à Gertrude, j'approuverai le tout, pour peu que cela vous convienne.

Et, sans doute pour calmer ses esprits agités, la petite personne se mit à exécuter avec une pétulance enfantine un temps de valse devant une grande glace ornant un entre-deux de croisées.

Le lendemain même du jour où avait été tenue la conversation que nous venons de vous répéter, mes chères lectrices, une autre scène tout à fait différente se passait dans un endroit bien plus différent encore; et si vous voulez la connaître, transportez-vous avec moi dans une humble et pauvre petite chambre formant mansarde d'une maison de la plus triste apparence. Cette chambre est éclairée par une seule fenêtre; on n'y voit aucun meuble de luxe, pas même ceux que l'usage rend commodes, mais qui ne sont pas absolument nécessaires. Dans un coin se montre un lit propre, soigneusement fait et garni d'un couvre-pieds d'indienne qui lui donne un air d'élégance, tout en servant à dissimuler sa pauvreté ; dans un autre coin, un buffet surchargé de tasses, de plats et d'assiettes, indique que cette chambre forme l'appartement complet de ses habitants. Plus loin, une armoire de merisier et quelques chaises composent, c'est-à-dire terminent, ce très-modeste mobilier, que vient embellir un petit guéridon en merisier, tout neuf, ce qui lui donne l'air d'un intrus au milieu des vieux meubles qui l'entourent; et le soin extrême avec lequel il est recouvert d'une toile, pour le garantir de la poussière, montre que celles qui le possèdent l'aiment, le soignent comme une merveille et un trésor.

C'est dans ce lieu plus que modeste que nous trouverons une femme d'environ quarante ans, dont la figure pâle exprime la fatigue et le chagrin. Elle se tient un peu renversée dans un grand fauteuil à roulettes, fauteuil jadis recouvert d'une riche étoffe, sans doute, mais aujourd'hui, vaincu par le temps, il laisse à peine deviner son antique splendeur par quelques lambeaux oubliés et qu'il conserve encore; cette femme a les yeux fermés et les lèvres serrées comme si elle était en proie à une vive souffrance. Tout à coup, elle secoue la tête, comme pour en chasser une idée importune, passe sa main sur ses yeux; puis se remet à un bel ouvrage d'aiguille auquel elle travaille depuis le matin. Quelques minutes après, sa figure s'anime, ses joues pâles se colorent doucement, et un léger sourire se dessine sur ses lèvres flétries; cette transformation est due à un refrain joyeux qui se fait entendre au bas de l'escalier. Quand je dis *entendre*, c'est plutôt deviner qu'il faudrait dire; car alors il n'était perceptible qu'aux oreilles d'une mère. Mais eu à peu il devient plus distinct, et enfin la porte s'ouvre, et une jolie jeune fille d'une quinzaine d'années au plus, entre dans la chambre, le sourire aux lèvres et les yeux brillants d'une joie immense, marque du bonheur complet qu'elle éprouve à apporter à sa mère le superbe rosier qu'elle tient entre ses bras.

— Oh! maman, maman! vois donc le beau rosier! s'écrie-t-elle. Tiens voici une rose complétement en fleur, et puis il y a une multitude de boutons qui commencent à sortir de leurs feuilles vertes; vois donc, ma mère, le beau rosier!

La figure de la pauvre femme s'épanouit d'abord en jetant un regard sur le magnifique arbuste que lui apportait son enfant; puis elle en jeta un autre sur sa fille, qui, depuis plusieurs mois, triste et souffrante, n'avait pas brillé de la joie enfantine et des vives couleurs qui embellissaient en ce moment son visage.

— Que Dieu bénisse celle qui me donne une si grande joie! murmura-t-elle involontairement en élevant les yeux au ciel, comme pour lui faire confirmer cette sainte bénédiction maternelle.

— Oh! oui, que le bon Dieu bénisse mademoiselle Hélène! s'écria Gertrude avec enthousiasme. Oh! je savais bien que tu serais sensible à ce présent, ma bonne mère; aussi c'est à peine si j'ai pu attendre le départ de celle qui te l'envoie, car elle est partie, cette chère demoiselle qui est si bonne pour nous, mais partie pour trois mois seulement, ne t'inquiète pas. Ainsi, admire ce beau rosier tout à ton aise. Est-ce que ta douleur de tête ne diminue pas en regardant cette superbe fleur?... Mais vois donc combien il y a de boutons; ne fais que les compter et respire la rose ouverte;

Comme elle a un doux parfum, n'est-ce pas ? Où la placerons-nous donc pour qu'elle soit bien ?

Et tout en bavardant ainsi, en entremêlant ses phrases de demandes et de prières, Gertrude se mit à courir çà et là par la chambre, plaçant son rosier tantôt dans un endroit, tantôt dans un autre; puis elle allait se poster à distance pour pouvoir bien juger de l'effet merveilleux qu'il devait faire. Mais sa mère mit un terme à ces évolutions en lui rappelant que le rosier ne pourrait pas conserver sa beauté s'il n'était pas exposé aux rayons du soleil.

— Oh! tu as mille fois raison, ma mère, s'écria Gertrude en arrachant la toile qui couvrait le meuble précieux et le portant avec empressement devant la fenêtre ouverte; nous allons le poser sur notre beau guéridon tout neuf. Oh! que je suis contente du cadeau que ma marraine m'a fait de ce beau meuble! notre rosier en paraîtra bien plus joli encore!

— Mais avant de l'installer définitivement, dis-moi un peu, mon enfant, s'il ne convient pas de rendre d'abord le beau vase qui le renferme ? demanda madame Giroux à sa fille.

Gertrude haussa légèrement les épaules d'un petit air capable.

— Rendre le vase ? fit-elle avec dédain. Fi donc, ma bonne mère! tu n'y penses pas... Ce serait blesser non-seulement la bonne mademoiselle Hélène qui nous l'a donné, mais aussi mademoiselle Florence, qui est bien bonne aussi, quoique quelquefois un peu fière; car lorsque j'ai remercié mademoiselle Hélène de son joli présent, et que j'ai voulu, comme toi, rendre le vase, toutes les deux m'ont dit qu'il était donné avec le rosier; et mademoiselle Florence a ajouté : — « Dis aussi à ta mère, petite, que, pendant l'absence de ma douce Hélène, j'irai la voir pour lui porter des fleurs et des fruits, afin qu'elle ne souffre pas trop de l'abandon de notre amie. » Et elle m'a glissé ce louis d'or dans la main, afin de payer, dit-elle, le temps que mon rosier enlèvera à mon ouvrage.

Madame Giroux attira sa fille dans ses bras et l'embrassa tendrement pour lui cacher son émotion; puis, au bout de quelques instants, s'étant emparée d'un vieux journal, elle le tailla de telle façon que le vase reposait sur une partie de cette feuille, tandis que l'autre partie serpentait autour du rosier en l'enveloppant.

— Là! fit Gertrude en suivant avec attention tous les détails de l'arrangement, voilà qui sera fort bien!... Mais non, pas ainsi, fit-elle en descendant un peu le papier; car on ne voit pas assez les boutons qui s'ouvrent, et on n'aperçoit pas du tout le beau vase. Je veux bien qu'il soit couvert pour se conserver; mais je ne veux pas qu'il soit caché totalement. Il faut bien que nous en jouissions aussi.

Et Gertrude marcha tout à l'entour de la table pour voir son rosier dans toutes ses positions.

— Un peu plus d'espace tout à l'entour, maman, dit-elle encore; tu le feras étouffer si tu l'enveloppes comme cela... Un peu plus encore... là, c'est bien maintenant, je crois.

Et elle recommença ses promenades pour juger si rien ne manquait plus à sa satisfaction; après quoi elle pria sa mère de s'en éloigner aussi un peu pour mieux juger de l'effet qu'il produisait. Tout en souriant, madame Giroux imita sa fille; puis elle alla se rasseoir et reprit son ouvrage, qu'elle quittait de temps en temps pour jeter à son tour quelques regards d'amour sur le beau rosier.

— Là! tu vois bien, maman, que tu n'es pas plus raisonnable que moi, s'écria en riant Gertrude, qui avait surpris au passage quelques-uns de ces tendres regards et qui continuait à savourer encore tout le bonheur de sa joie enfantine. Mon Dieu ! que mademoiselle Hélène est donc bonne de nous avoir fait cadeau de ce charmant rosier ! Mademoiselle Florence, certainement, est aussi généreuse qu'elle ; elle m'a donné souvent des robes ; elle m'a fait donner de la viande et mille choses qui nous étaient utiles : eh bien, de tous les présents que nous avons reçus, celui qui m'a fait le plus de plaisir est mon beau rosier. Car, enfin, quand mademoiselle Florence nous donne, elle ne se prive pas pour nous... elle est riche !... tandis que mademoiselle Hélène est pauvre... elle n'avait que cela, et elle nous l'a donné. C'est une marque certaine qu'elle a pensé à nous, qu'elle nous aime... Oh ! il y a bien peu de personnes capables d'agir ainsi, n'est-ce pas, maman ? Tu me l'as dit souvent, les pauvres n'ont pas d'amis...

Madame Giroux gronda doucement Gertrude de ce qu'elle appelait une ingratitude envers Florence ; mais tout bas, dans le fond de son cœur, elle partageait la pensée de son enfant.

Plusieurs mois s'écoulèrent sans que rien ne vînt changer l'uniformité des deux intérieurs que nous avons dépeints, pas même le retour d'Hélène, que la santé toujours de plus en plus affaiblie de son père ne lui permit pas de quitter ; aussi Florence, profitant de la prolongation de cette absence, retomba-t-elle de plus belle dans ses fautes d'enfant gâtée et dans son égoïsme d'une jeune fille à qui la fortune, partant tous ceux qui l'entourent, sourient même au caprice. La famille Giroux reçut donc fort peu des visites qu'elle lui avait promises ; et Gertrude s'en consolait en soignant avec amour le joli rosier du roi, devenu à son tour son favori. Aussi avait-il peu souffert du départ de sa première maîtresse et se trouvait-il encore, au moment où nous revenons à notre jeune amie, dans toute la magnificence de sa seconde floraison.

Un jour, par une froide après-midi de septembre, un jeune homme de haute taille, aux manières distinguées, à la figure noble et gracieuse, entra chez madame Giroux pour lui payer le montant de quelques articles de lingerie qu'il lui avait commandés; c'était un étranger en voyage auquel les clients de la pauvre veuve l'avaient recommandée. Après avoir soldé la modeste somme qu'il apportait, il allait se retirer, quand un rayon léger de soleil qui s'échappait à travers un nuage vint se jouer doucement dans la chambre et éclairer d'une lueur brillante le charmant souvenir d'Hélène; l'étranger, qui s'avançait vers la porte pour sortir, s'arrêta tout à coup frappé d'admiration à la vue du magnifique arbuste.

— Oh! quel beau rosier! s'écria-t-il.

— Oui, qu'il est beau! s'écria à son tour la petite Gertrude en tressaillant de joie sur sa chaise; et il nous a été donné par une jeune demoiselle aussi charmante, aussi belle que lui!

— Ah!... fit l'étranger, un peu ému, sans s'en rendre compte; et par quelle circonstance cette jolie demoiselle vint-elle à vous faire ce présent si fort en dehors de l'usage, ma jeune amie?

Gertrude, toute au bonheur de voir admirer son rosier et de parler de celle dont elle désirait le retour de toutes les forces de son âme, ne releva pas ce qu'il pouvait y avoir de blessant dans la demande de l'étranger, et elle lui répondit au contraire en souriant :

— Eh bien ! monsieur, c'est justement parce que nous sommes pauvres ; que ma mère était malade et que nous n'aurions jamais pu avoir rien d'aussi joli, à notre grand regret, car nous avions aussi un jardin autrefois, et nous aimions beaucoup les fleurs ; c'est donc, ainsi que je vous le dis, parce que mademoiselle Hélène a appris tout cela qu'elle nous en a fait présent, pour nous donner au moins un reflet de bonheur !

— Hélène !... répéta l'étranger en tressaillant à son tour.

— Oui, mademoiselle Hélène Wolforth, une bien belle et bien bonne personne, et que nous aimons de toute notre âme ! répondit vivement Gertrude, qui, sur ce chapitre, ne tarissait jamais. Elle est institutrice de la demoiselle de madame la baronne de Charmoy, et on nous a dit qu'elle était étrangère ; mais elle parle français comme vous et moi, monsieur, seulement avec un accent bien plus doux et bien plus agréable.

En entendant ce piètre compliment, malgré sa préoccupation, l'étranger se prit à sourire.

— Et elle demeure tout auprès de chez vous? demanda-t-il avec empressement.

— Si vous voulez parler de madame la baronne, je vous dirai oui, répondit Gertrude en laissant un soupir s'échapper de son cœur; mais s'il est question de mademoiselle Hélène, c'est non, hélas! que je dois vous dire, car elle est partie, il y a trois grands mois, pour aller soigner monsieur son père, qui était malade; et la femme de chambre de mademoiselle Florence m'a dit qu'elle croyait bien qu'elle était partie pour toujours.

L'étranger continua encore durant quelques instants à questionner la jeune ouvrière; mais voyant que, malgré toute sa bonne volonté, la pauvre enfant ne pouvait pas le satisfaire, il prit le parti d'aller se présenter chez la baronne, qui avait accueilli Hélène, espérant être plus heureux de ce côté. Et effectivement il eut tout lieu d'être satisfait de sa démarche; car le soir même il prenait la route de la Provence.

Une lettre que je vais mettre sous vos yeux, chères lectrices, vous apprendra ce que, je l'espère, vous désirez savoir.

« Mon cher Harry, mon bon cousin, vous éprouverez
» sans doute un profond désespoir quand vous connaîtrez
» la triste nouvelle que renferme cette lettre; mais élevez
» votre âme vers Dieu, pensez que rien n'arrive ici-bas
» que par sa divine volonté, et vous vous soumettrez
» comme nous nous sommes soumis nous-mêmes à ses dé-
» crets tout-puissants. Mon père est entièrement ruiné,
» Harry!... mais l'honneur est sauf! Tout a été payé inté-
» gralement à tous; et si nous sommes pauvres, nous pou-
» vons dire avec orgueil que nous sommes toujours hon-
» nêtes!... C'est comme dernière preuve de ce que j'avance
» que je viens vous dégager complétement envers moi de
» l'engagement que nos familles avaient pris relativement
» à notre avenir à tous deux. — Vous êtes libre, Harry;
» ne songez plus à la pauvre Hélène, et cherchez à New-
» York une compagne qui puisse assurer votre bonheur!
» C'est moi qui vous en prie, et la sagesse qui vous l'or-
» donne... N'ayez pas de fausse honte... ne pensez pas que
» vous devrez un jour en rougir devant moi; car, ce jour,
» vous ne le verrez jamais... Nous quittons l'Écosse pour

» n'y plus revenir ; nous mourons pour tous ceux qui nous » ont connus... pour tous ceux qui nous ont aimés... même » pour vous, Harry... Et non-seulement mon père, mais » aussi ma conscience d'honnête fille le veut ainsi. Car » lorsque nous avons été fiancés dans notre enfance, ce » n'était pas deux cœurs, mais deux fortunes que l'on » unissait... la mienne a disparu, vous êtes donc libre par » ce nouveau veuvage...

» Je vous connais trop bien, Harry, pour ne pas savoir » que s'il ne tenait qu'à vous, cet obstacle serait promptement levé ; mais vous dépendez de votre père, qui est » presque étranger à notre famille, puisque c'étaient nos » deux mères qui étaient sœurs ; il n'a donc aucune raison » pour nous protéger : et il vous dira avec justice qu'à votre » âge et dans votre position, vous devez choisir pour compagne une femme ayant, elle aussi, une position à vous » apporter. Cette lettre est donc un adieu, et un adieu pour » toujours. Mon père me charge de ses tendresses et de ses » bénédictions pour vous, l'enfant de son cœur. J'y joins » les miennes, Harry ; puisse Dieu les confirmer et vous » donner toutes les joies et les bonheurs qu'il nous refuse... » Adieu encore...

» Votre cousine et amie,

» HÉLÈNE. »

« *P. S.* — Ne pensez pas, Harry, que vous pourrez nous » faire revenir sur notre résolution, et ne songez pas surtout » à quitter le poste de confiance que vous occupez dans la » maison Wilson pour retourner auprès de nous ; car, je » vous le répète, nous quittons l'Ecosse sous peu de jours, » et sans dire à personne où nous cacherons notre pauvre

» existence. Ce secret sera d'autant mieux gardé que nous » l'ignorons encore nous-mêmes... Que Dieu nous pro- » tége !... »

Comme vous le désirez, sans doute, mes gentilles lectrices, malgré les recommandations si instantes de sa cousine, Harry Wath avait quitté New-York aussitôt la réception de cette lettre, pour venir porter aide et secours à ses parents dans le malheur; et, en fils respectueux, il avait voulu d'abord soumettre la lettre d'Hélène à son père, espérant bien qu'il ne trouverait aucune opposition dans le désir qu'il avait de remplir les engagements pris ultérieurement pour lui.

Effectivement, l'honnête et bon M. Wath encouragea Harry dans la conduite qu'il désirait tenir envers sa cousine. Joyeux, notre jeune voyageur s'empressa d'aller retrouver son oncle, pensant que l'annonce de leur départ, que lui avait donné Hélène, n'était que pour l'engager à ne pas quitter l'Amérique; mais, hélas! combien son attente fut déçue, quand il apprit que non-seulement Hélène et son père avaient quitté l'Ecosse, mais encore que personne ne savait l'endroit où ils étaient allés se réfugier! Vainement il interrogea les voisins, les amis; tous lui firent la même réponse. Il perdit un temps précieux à courir sur des traces fausses; et enfin, depuis plus d'un an, il parcourait inutilement ainsi, non-seulement l'Angleterre, l'Ecosse, l'Irlande, mais encore la France; quand la Providence, que les incrédules appellent le hasard, voulant récompenser sans doute ce don du cœur de la pauvre Hélène, conduisit Harry chez l'honnête veuve Giroux. Vous comprenez maintenant et sa surprise et son bonheur, et son empressement à voler auprès de son oncle aussitôt qu'il eut appris par la baronne l'endroit où il s'était mystérieusement retiré. — Suivons-le donc maintenant dans son nouveau voyage.

Dans la plaine d'Hyères, au bord d'une mer aussi belle et aussi bleue que le golfe de Baïa, on trouve des ruines que les habitants du pays appellent indifféremment *la Marana* ou *Almanare*, et que les savants font remonter jusqu'aux Romains. Ces ruines, fort mal conservées, se réduisent à quelques pans de murs, à quelques arceaux mutilés, et à une enceinte dont les lignes principales peuvent encore se reconnaître à travers les buissons, les plantes grimpantes et les accidents de terrain.

Mais comme si la nature avait voulu à la fois humilier et dédommager les hommes par le contraste de son immortelle jeunesse avec la fragilité de leurs œuvres, elle a jeté sur ces décombres informes une parure que chaque printemps renouvelle, et dont rien n'égale la magnificence. Du milieu des pierres éparses s'élancent des cytises, des ronces, des pistachiers, des grenadiers, des figuiers sauvages, des orangers, animant de leurs touffes vivaces ces mornes débris. Aux arcades démolies se suspendent et s'enlacent des pariétaires, des glycines, des clématites ; enfin toute une végétation exubérante, festonnant de ses réseaux innombrables les restes d'une architecture oubliée. La baie de l'arbousier, la rose des bois, l'élégante clochette du liseron, le chèvrefeuille et le jasmin étoilent chaque crevasse de ces voûtes qui s'effondrent, de ces murailles qui chancèlent.

Entre les ruines et la mer s'élève un groupe de pins gigantesques que l'on aperçoit de tous les points du paysage, et qui ne laissent ni pénétrer un rayon de soleil ni croître un brin d'herbe à leurs pieds. Quand souffle la brise du soir, ces pins séculaires répondent par d'harmonieux murmures aux murmures du rivage, et mêlent leur odeur pénétrante à l'âcre senteur des vagues.

A droite de ce massif, au versant d'une colline boisée dont les dernières ondulations viennent mourir sur la plage, on a bâti quelques maisons blanches et coquettes! qui se détachent vivement sur le fond sombre des arbres verts; elles sont, en général, à deux étages, précédées d'un perron en saillie, bordées d'une terrasse à balustrade, et ornées, aux deux extrémités, de deux sveltes colonnes qui soutiennent une galerie extérieure assez pareille à celles des châlets suisses, et sur laquelle s'abaisse en auvent un toit de tuiles rouges. Les propriétaires de ces maisons n'en occupent d'ordinaire que le second étage et louent tout le premier, c'est-à-dire tous les plus beaux appartements, à des étrangers qui, par des raisons de santé ou des goûts de solitude, préfèrent se loger à distance de la ville, ou qui, séduits par cette position admirable, espèrent y trouver la douce chaleur du midi tempérée par l'air frais de la mer et des collines. Il est bien rare qu'une aimable familiarité ne s'établisse pas, au bcut de bien peu de jours, entre les propriétaires et les locataires de ces charmantes villas, tant on aurait de peine à rester maussade sous un si beau ciel, et à conserver le *cant* britannique ou la froideur parisienne dans ce pays charmant où tout est fleurs, verdure, parfum, azur et soleil.

Entre tous, cependant, un vieillard d'un aspect noble et vénérable, arrivé dans cette charmante oasis depuis un an environ, avait conservé un isolement complet. Vainement sa propriétaire, brave femme des plus avenantes, lui offrait-elle de temps en temps ses services, il les refusait poliment; mais toujours avec une rigidité complète et sans qu'un sourire, un mot gracieux vinssent encourager une tentative nouvelle. Il vivait complétement seul, habitait une modeste chambre; en un mot, sembait condamné à la plus sordide économie. Rien en lui pourtant ne montrait la trace hideuse de l'avarice; mais tout, hélas! indiquait le ravage du malheur! Aussi inspirait-il à tous un intérêt respectueux et non une répulsion instinctive.

Depuis quelques mois, pourtant, son fardeau de douleur paraissait moins lourd à porter; car une jeune fille, un ange, était venu le soutenir de ses ailes. Chaque matin, tous deux, l'étranger et sa charmante compagne, allaient s'asseoir au bord de la mer ou errer au milieu des ruines; le vieillard portait un livre, la jeune fille avait, appendu à son bras, un léger panier renfermant, sans doute, leurs frugales provisions du jour. Puis, le soir, avec la nuit, ils rentraient à la villa. Voilà tout ce que l'on connaissait de leur existence.

Un matin, comme de coutume, Hélène et son père (vous les avez reconnus, n'est-ce pas, mes gentilles lectrices?) se livraient à leurs pérégrinations journalières, et durant quelque temps le silence avait été complet, du moins en ce qui concernait M. Wolforth, qu'Hélène cherchait vainement à sortir de sa rêverie douloureuse.

— Vous ne voulez donc pas parler à votre enfant, mon père? demanda-t-elle doucement avec une vive émotion de tristesse; et sa vue, loin de diminuer vos peines, semble les augmenter encore!... Il faudra ainsi qu'elle vous quitte de nouveau sans emporter une espérance, mon Dieu!

— Que vous me quittiez, Hélène! s'exclama brusquement

le vieillard. En auriez-vous donc encore le courage? et ne savez-vous pas que loin de vous je meurs!...

— Hélas! mon père, moi aussi je souffre, je languis loin de votre chère personne; mais que deviendrions-nous sans mon travail? n'est-il pas aujourd'hui notre unique ressource?

— Et voilà ce qui me torture!... voilà ce qui me tue!... murmura le pauvre père en laissant s'échapper un douloureux sanglot de son cœur. Toi, mon enfant bien-aimée, ma fille chérie, travailler pour me nourrir!... mais il vaut mieux mourir mille fois! Et si Dieu ne me vient pas en aide, je jure par lui que je saurai me délivrer!...

— Oh! taisez-vous, mon père, vous blasphêmez! s'écria Hélène en se jetant dans les bras du vieillard et étouffant sous ses baisers les paroles qu'elle redoutait d'entendre. Mais tranquillisez-vous; mon travail, puisqu'il vous plaît d'appeler ainsi la position honorable que j'occupe dans une honorable famille, est doux et facile. Je suis aimée et respectée dans la maison comme je l'étais chez vous, dans nos jours de bonheur; et si ce n'était la douleur de me séparer de vous, je serais heureuse encore, je vous l'assure.

Et moitié causant, moitié songeant, sans s'en apercevoir, Hélène et son père avaient prolongé beaucoup plus que d'habitude leur promenade; et à mesure qu'ils avançaient, l'impression de tristesse qui régnait dans leurs discours se reflétait dans les objets extérieurs.

— Mon Dieu! où sommes-nous donc?... s'écria Hélène en voyant que le chemin qu'ils suivaient tournait brusquement pour s'enfoncer dans une gorge étroite que surplombaient de grands rochers grisâtres.

— Nous sommes sur la route de la Chartreuse de Monrieux, lui répondit son père. Et ne trouvez-vous pas qu'ici la douleur semble plus facile à porter qu'au milieu de toutes les richesses de la végétation et de la culture? Venez donc voir ces lieux de paix et de repos; ne le voulez-vous pas, mon enfant?

Hélène, pour toute réponse, suivit son père; et, à son tour, se plongea dans le silence où le vieillard était rentré.

Le chemin tracé entre ces rochers se tordait en d'innombrables méandres, tantôt dominant des ravins profonds, tantôt serpentant le long d'un torrent ou le traversant sur un pont fragile fait d'un tronc de chêne et de quelques branches de sapin; peu à peu la solitude et le silence de la nature augmentèrent autour de nos promeneurs, et ils n'entendirent plus que le bruit des pierres se détachant sous leurs pieds et roulant par bonds jusqu'au fond du précipice.

Enfin une croix de bois, placée à l'entrée d'un épais massif d'érables, et le son lointain d'une cloche leur annoncèrent le terme de leur course. Le passage s'élargit devant eux, les rochers s'ouvrirent; ils se trouvèrent dans un petit vallon planté d'arbres à fruits, et l'humble monastère leur apparut adossé à ces montagnes qui le séparaient du reste du monde. Ce monastère n'était presque qu'une ruine, à laquelle les révolutions n'avaient laissé qu'une chapelle, un fragment de cloître et quelques cellules. Pourtant, six chartreux l'habitaient et fertilisaient autour d'eux un terrain que leur mesurait d'une main avare la municipalité voisine. La religion est une fleur qui languit dans les palais et prospère sur les débris.

D'un commun accord, nos promeneurs s'assirent sur un banc de pierre en dehors de l'enceinte consacrée.

— Et vous dites, chère Hélène, que sans la douleur que vous éprouvez à me quitter, vous pourriez encore être heureuse ? fit tout à coup le vieillard, comme s'il avait voulu reprendre, là même où elle avait été laissée, la conversation interrompue depuis longtemps. Vous avez donc oublié Harry, alors ?... Et, en prononçant ces dernières paroles, sa figure prit un aspect douloureux, comme si elles s'échappaient du fond de sa pensée secrète.

— Oublier Harry ?... Pourquoi me demandez-vous cela, mon père ?... Non, je ne l'ai point oublié, et je prie toujours le ciel de lui accorder les jours heureux qu'il nous refuse...

— Vous avez oublié alors nos doux projets caressés jadis avec tant d'amour ? interrompit M. Wolforth avec une sorte de brusquerie fébrile.

— Je n'ai rien oublié ; mais je me suis résignée à la volonté de Dieu, répondit Hélène en levant ses beaux yeux vers le ciel, comme pour y chercher sa récompense.

— Vous êtes un ange, une sainte et digne fille, vous, Hélène, et vous avez fait votre devoir dans tout ceci ; mais Harry, mais votre cousin, a-t-il agi comme il le devait ? en un mot, a-t-il fait ce que vous eussiez fait à sa place ?

— Et que lui reprochez-vous donc, mon père ? demanda Hélène avec surprise.

— Ce que je lui reproche ? s'écria le vieillard. C'est son indifférence, c'est son oubli... Aurait-il dû vous croire sur parole ? et son devoir n'était-il pas de vous prouver que vos qualités le liaient mille fois plus à vous que votre fortune ?...

— Hélas ! vous êtes injuste, mon père, interrompit la jeune fille en cherchant à sourire ; et vouliez-vous que mon pauvre cousin, comme un paladin des temps jadis, parcourût le monde entier par monts et par vaux pour retrouver sa belle au risque d'être forcé d'aller, ainsi que Roland, chercher sa raison dans la lune ?...

— Il n'y avait pas besoin de faire un aussi long voyage pour trouver le bonheur, s'écria tout à coup une voix joyeuse; et en même temps M. Wolforth se sentit pressé tendrement dans les bras d'un beau jeune homme qui venait de se montrer.

— Harry !... mon bon neveu !... s'exclama l'heureux père en jetant un regard d'amour satisfait sur sa fille, c'est bien, ce que vous avez fait là !... oh! oui ! c'est très-bien, en vérité !...

— Et depuis longtemps vous m'auriez dit ces douces paroles, mon bien cher oncle, fit Harry en serrant tendrement entre les siennes les mains qu'Hélène lui avait tendues, si vous ne vous étiez pas caché d'une manière aussi adroite; car je suis à votre recherche depuis un an, c'est-à-dire depuis le jour où j'ai reçu votre méchante lettre, ma cousine. Croyez-vous donc qu'un honnête homme reprenne sa parole quand une fois il l'a donnée ?

— Et votre père, Harry, que dit-il de tout ceci ? demanda timidement Hélène.

— Il dit que vous êtes une brave et digne fille, Hélène, et il ajoute que vous serez une honnête et sainte femme, et que bien heureux sera celui qui vous aura pour compagne. Aussi engage-t-il son fils à ne laisser prendre cette place à personne autre qu'à lui-même. C'est donc en son nom que je viens vous solliciter de tenir les engagements qui ont été pris jadis avec lui.

Vous comprenez trop bien, mes gentilles lectrices, tout le bonheur qu'éprouva cette honorable famille à se retrouver réunie, pour que je continue à vous raconter tous les détails de leur intimité nouvelle. Il me suffira de vous dire que, peu de jours après, tous trois partirent pour l'Ecosse, afin d'y faire célébrer l'union des deux cousins et d'y demander la bénédiction du père de Harry; mais là, encore, un nouveau bonheur les attendait.

Pendant l'absence de son fils, le bon M. Watt avait pris en main les affaires malheureuses de son beau-frère; et, grâce à son infatigable patience et aussi à quelques sacrifices d'argent faits avec habileté, il était parvenu à sauver du naufrage une partie de la fortune de M. Wolforth. Il ne me reste donc plus qu'à vous faire admirer la justice maternelle de la Providence et à vous faire remarquer que, de même que le ruisseau caché sous la verdure décèle son existence par l'abondance et la fraîcheur du gazon qu'il arrose sourdement, de même un trait de bonté accompli dans l'ombre avait servi de fil conducteur pour conduire au bonheur celle qui l'avait fait... Soyez donc toujours généreuses et bonnes, et Dieu vous en récompensera.

LE DANGER DE L'IMAGINATION

— Comment, vous aussi, vous pensez, ma chère Mina, que cette maxime est véritable : *L'imagination est la folle du logis !*... s'écria la gentille Édith Mamersley, en frappant ses deux petites mains l'une contre l'autre avec impatience. En vérité, il ne vous manque que le bonnet à longue barbe, les lunettes vertes et les grands pieds de mistress Kagerlow pour lui ressembler au moral comme au physique.

Mina se mit à rire au lieu de répondre à la boutade de sa jeune amie ; puis, reprenant peu à peu toute son impassibilité :

— Eh ! mon Dieu, oui, Edith, dit-elle doucement, je pense que vous seriez parfaite, si vous mettiez plus de frein à votre imagination vagabonde et si vous vouliez voir la vie et le monde tels qu'ils sont réellement, au lieu de les dessiner à travers un prisme si brillant et si beau, que la moindre déception vous sera toujours bien cruelle ! Et, puisque vous me comparez avec tant de courtoisie à mistress Kagerlow, j'ajouterai, continua-t-elle en reprenant son aimable et doux sourire, que vous avez tort, mais bien réellement tort, de choisir vos lectures parmi les livres futiles qui, tout au moins, vous gâtent l'esprit, s'ils ne vous corrompent pas le cœur; tandis que de bons ouvrages élèvent l'un et purifient l'autre... Me voici dans mon rôle, j'espère, et vous faites fort bien de ne pas me répondre, ajouta-t-elle encore, car alors je vous dirais...

— Eh bien ! dites-moi, Mina, tout ce que vous voudrez, et je vous écouterai avec patience, interrompit vivement Édith, en reprenant son ouvrage d'un petit air boudeur; n'êtes-vous pas chez vous?... et si vous ennuyez vos hôtes, n'avez-vous pas le droit d'exercer l'hospitalité tout à fait suivant votre bon plaisir?

— Allons, allons, ne vous fâchez pas, chère Édith, fit la douce Mina en jetant vivement son ouvrage sur la table pour aller embrasser son amie, et infligez-moi telle pénitence que vous voudrez pour me punir de mon humeur grondeuse.

— Est-ce bien vrai, Mina, que vous obéirez, non à mon ordre, mais à ma prière? s'écria Édith, dont les yeux brillèrent du plus vif éclat.

— Certainement, oui, j'obéirai à votre volonté, dit Mina moitié riante, moitié surprise, et cela avec le plus grand plaisir, si...

— Oh! pas de si... pas de si... de grâce, fit de nouveau Édith en mettant vivement sa petite main blanche sur la bouche rose de son amie. J'ai votre parole, et je vous somme de la remplir, chère Mina : ainsi demain, au lever du soleil, vous viendrez avec moi chez la vieille Elspeath.

— Chez la vieille Elspeath !... y songez-vous !... Fi,

Édith !... fi, ma chère !... s'exclama Mina avec un mécontentement véritable.

— Édith se sentit un moment embarrassée ; mais connaissant tout son ascendant sur sa douce et charmante amie, elle reprit promptement tout son courage et se mit à dire en souriant :

— Eh bien ! quel grand mal trouvez-vous, je vous prie, à la charmante promenade que je vous propose ?... Nous saluerons le sublime lever du soleil dans nos magnifiques montagnes et nous porterons notre aumône à une pauvre vieille femme privée de toutes ressources dans le monde.

— Vous avez, en vérité, une façon de montrer le beau côté des choses, ma bien chère Édith, qui vous donne presque raison quand vous avez tort, reprit Mina en souriant malgré elle ; et qui nous entendrait, me prendrait pour la fille la plus sotte du globe, de m'opposer et à une bonne œuvre envers une infortunée et à une prière de reconnaissance envers notre Créateur ; car je défie bien de deviner sous votre langue dorée la pensée qui la guide. Mais moi, qui vous connais comme on connaît son cœur, je ne sais que trop que vous ne voulez faire une visite si matinale à la veuve de Mac Clamor que pour lui demander de vous dire ce que l'avenir vous réserve. C'est pour cela que je vous blâme sévèrement et que je refuse de vous conduire.

— Ce sera tout à fait comme vous voudrez, ma très-chère, fit Edith en reprenant sa petite mine boudeuse ; mais cela ne m'empêchera pas de satisfaire mon vif désir, et j'irai toute seule...

— Vous n'irez pas, Édith... interrompit vivement la jeune fille ; dites-moi que vous n'irez pas, je vous en conjure...

— Je vous ai dit que j'irai, et j'irai... fit résolument Édith en sentant faiblir sous la sienne la volonté de son amie ; n'en parlons donc plus et pardonnez-moi mon indiscrète prière...

Pendant quelques instants, un silence profond régna entre les deux amies qui, ayant repris chacune son ouvrage, semblaient y mettre l'application la plus sérieuse.

Tout à coup ce fut Mina qui l'interrompit.

— Comment ! vous avez la faiblesse de croire, dit-elle, que la vieille Elspeath saura vous dire ce que l'avenir vous réserve? Vous êtes folle, en vérité!...

Edith leva légèrement les épaules :

— Que voulez-vous, Mina, fit-elle doucement, l'imagination est aussi l'amie de l'avenir, et vous me reprochez sans cesse mon imagination. Il faut être toujours logique, même avec les défauts de ses amis. Oui, je crois, ajouta-t-elle avec plus de gravité, que la vieille Elspeath, qui vit toujours parmi les simples et les fleurs, en sait plus long que nous sur les choses de ce monde, car les herbes et les fleurs, n'ayant pas fait de mal comme en ont fait les hommes, sont plus dignes que nous que Dieu leur parle. A cause de leur innocence, elles savent beaucoup, et, comme je vous le répète, la veuve de Mac Clamor passe sa vie au milieu d'elles ; elles ont certainement fini par lui dire quelques-uns de leurs secrets.

— Eh bien ! voilà une définition des plus poétiques ou je ne m'y connais pas, fit en riant la douce Mina, et pour que vous ne soyez plus fâchée contre moi et surtout pour vous prouver que la vieille Elspeath est aussi simple que ses fleurs, je vous accompagnerai demain matin dans la visite que vous projetez de lui faire.

En entendant ces paroles, Edith sauta avec joie au cou de son amie, et pour détourner son esprit d'une réflexion qui pouvait lui faire reprendre cette promesse, elle l'entraîna rapidement dans le parc avec elle.

Rien n'était plus complétement opposé et ne formait un plus charmant contraste que nos deux jeunes héroïnes. L'une, Edith, grande, svelte, brune, à l'œil noir, brillant et doux tout à la fois, aux joues couvertes de la fraîcheur et du fin duvet d'une pêche, gaie, aimable, affectueuse et bonne, pouvait se laisser entraîner parfois à la vivacité de son imagination, mais elle cédait toujours à la générosité de son cœur.

L'autre, Mina, petite et mignonne, était tout ce qu'il y a de plus gracieux en ce monde. Ses grands yeux bleus révélaient l'intelligence et la douceur, ses cheveux blonds comme l'or pâle étaient semés sur sa tête en telle profusion que son cou semblait trop délicat pour les porter, ses traits avaient une pureté admirable ; mais ce qui dominait surtout en elle, c'était l'innocence et la gaieté. Rien de frais et de vivant comme son doux visage où se lisaient, comme dans un livre ouvert, toutes les sérénités d'une âme chaste et sainte; enfin son regard était pur comme l'eau de source et laissait voir au fond un cœur charmant et solide. En un mot, beauté et bonté composaient cette nature d'élite.

Une triste similitude avait, dès leur plus tendre enfance, uni ces deux enfants. Leur pères, anciens camarades du collége de Cambridge, avaient eu le malheur de perdre tous deux leurs jeunes et charmantes compagnes, lorsque leurs filles virent le jour. Tous deux souffrirent et pleurèrent ensemble ; mais chacun prit une route différente dans la vie. L'un, le père d'Édith, chercha le bonheur et la fortune dans la carrière aventureuse des marins, tandis que sir Francis Johnston, père de Mina, ayant élevé de vastes usines dans les environs d'Édimbourg, où il possédait d'immenses propriétés, devint un des plus riches industriels de toute l'Écosse.

Sir Édouard Hamersley eut autant de succès sur mer que son ami en avait dans son pays ; car, en peu d'années, il prit rang parmi les officiers les plus distingués de la marine anglaise.

Mais passant les trois quarts de sa vie dans des courses aventureuses sur le plus terrible des éléments, il avait dû confier son enfant bien-aimée, sa petite Édith, aux bons soins de sir Francis Johnston, qui l'avait fait élever avec sa fille, sa douce Mina. Ainsi, à l'exception de quelques rares voyages, car lorsque sir Hamersley prenait terre, il emmenait son enfant, afin de l'avoir entièrement à lui pendant le trop court séjour qu'il devait faire auprès d'elle ; à l'exception, disons-nous, de ces laps de temps trop courts semés dans sa vie, Édith n'avait jamais quitté Mina, qui était devenue pour elle plus qu'une amie ; une sœur bien chère. Pourtant, ainsi que nos lectrices ont dû le remarquer dans la légère discussion qui ouvre ce récit, jamais caractères us dissemblables n'avaient pu se rencontrer. Mais revens à notre histoire.

La journée s'acheva d'une manière des plus agréables, car Édith, enchantée de la victoire qu'elle avait remportée sur sa trop faible amie, se montra douce, aimable et prévenante non-seulement pour Mina, mais sa charmante humeur se refléta même sur quelques voisins de campagne que sir Johnston avait engagés à dîner et à prendre le thé avec eux. Elle se mit au piano pour faire danser les petites filles, chanta pour amuser les mamans, dressa les parties de whist pour les gens plus sérieux, enfin, fut d'un entrain, d'une gaieté qui se refléta sur tout le monde, excepté pourtant sur la pauvre Mina, que sa promesse imprudente préoccupait et inquiétait sourdement.

Édith, ayant sinon deviné, tout au moins pressenti la douloureuse pensée de son amie, évita de se trouver seule avec elle, et aussitôt que les étrangers furent partis, elle se retira promptement dans sa chambre, prétextant la plus violente envie de dormir. Mais à peine l'aurore eut-elle doré les riches monts des alentours, que, fraîche et alerte, elle se présenta dans la jolie petite chambrette de Mina, qu'elle crut encore surprendre dans son sommeil, et resta tout étonnée en voyant que, comme elle, sa charmante compagne était disposée à partir. Sans doute, le radieux soleil qui rayonnait au ciel avait chassé ses impressions fâcheuses de la veille, car ce fut le sourire sur les lèvres et la joie dans le regard qu'elle accueillit son amie.

Rien n'était aussi plus merveilleusement beau que le paysage qui, à travers la fenêtre ouverte, se déroulait comme un panorama magique sous le regard enchanté. Un orage violent qui avait duré pendant quelques heures de la nuit avait balayé jusqu'au dernier nuage, et la voûte du ciel était tout entière de ce bleu calme et profond qui semble le regard de Dieu. Les plantes renouvelées et fertilisées par la pluie embaumaient l'air des plus douces odeurs; les moineaux, les fauvettes et les chardonnerets, célébrant leur joie d'avoir échappé à la tempête, faisaient de chaque branche un orchestre, et les gouttes de pluie que le soleil allumait pour les sécher faisaient de chaque brin d'herbe une grappe d'émeraudes.

Toutes deux légèrement vêtues, mais entourées du pittoresque plaid écossais, un grand chapeau de paille sur la tête et un petit panier au bras, panier renfermant les dons qu'elles comptaient offrir à Elspeath, nos jeunes amies se mirent en route, gazouillant avec autant de gentillesse que les oiseaux cachés dans les buissons en fleurs; mais peu à peu leur gaieté s'apaisa et la méditation et le silence remplacèrent la joyeuse causerie qui avait charmé les débuts du voyage. C'est que le paysage était bien changé aussi !... et comme l'imagination s'impressionne toujours de ce qui se déroule sous nos yeux, leur esprit se ressentait des beautés graves et sévères que la nature avait répandues sur leur route. Ainsi, après avoir suivi durant quelque temps le cours écumeux et rapide de l'Arve, elles contemplèrent avec une admiration mêlée d'effroi les énormes quartiers de roc qui semblaient artificiellement suspendus sur leurs têtes, et les précipices et les bois qu'elles avaient à leurs pieds. Jamais nos deux amies ne s'étaient ainsi aventurées dans cette partie sauvage de la campagne, et Mina sentit un regret aussi profond qu'un remords d'avoir cédé avec autant de légèreté à la fantaisie imprudente de son amie ; mais le mal était fait, ou du moins elle ne se sentait pas assez de force pour le réparer en exigeant qu'Edith retournât avec elle au cottage de son père.

La route fut longue et pénible, et ce fut brisées de fatigue que nos deux héroïnes arrivèrent enfin auprès d'un chêne immense qui s'élevait majestueusement tout au bord de la rivière et étendait son feuillage large et touffus de l'une à l'autre rive.

— Nous devons être arrivées, dit Edith en jetant autour d'elle un regard d'inquiétude et de surprise, et pourtant je ne vois pas le moindre vestige de logement, je ne me suis pourtant pas trompée, j'espère, ajouta-t-elle en balbutiant, et j'ai suivi, j'en suis sûre, l'itinéraire que m'a tracé Békée.

Pendant le discours d'Edith, Mina s'était assise sur un morceau de roc, et, malgré qu'elle en eût, elle sentait son cœur tressaillir d'aise de la déconvenue de sa pauvre compagne, comme si elle eût pressenti que la présence d'Elspeath pouvait entraîner pour elle un malheur, quand tout à coup les cris de triomphe d'Edith vinrent lui faire comprendre que son espérance était vaine.

— Venez, Mina, venez, ma chère, s'écriait la folle jeune fille qui s'était penchée sur un quartier de rocher comme une chèvre légère, voilà le château de notre enchanteresse; nous n'en sommes qu'à deux pas : voyez là, au bout de mon doigt, et dites-moi si je n'ai pas raison ?

Et Mina, suivant des yeux la direction qui lui était donnée par son amie, aperçut avec surprise, au milieu d'énormes blocs de pierres, débris informes de la montagne, une petite cabane de la plus chétive apparence. Elle était construite en gazon et avait à peine quatre pieds de hauteur ; mais rien n'annonçait qu'elle fût habitée, car le terrain qui l'environnait était demeuré sauvage et couvert de ronces, et pour tout être vivant, on ne voyait qu'un chevreuil qui broutait le gazon, tandis que sa mère paissait à quelque distance entre le chêne et la rivière.

— Vous êtes folle, Edith ; oui, folle, en vérité, fit Mina en grimpant à son tour, de croire que la vieille Elspeath habite ce trou informe, et, à moins que votre sorcière ne soit la reine de Lilliput, je la défie d'entrer dans ce que vous appelez un château...

Mais elle fut tout à coup interrompue par Edith, qui, pâle et tremblante, lui saisit vivement le bras en lui montrant à quelques pas un objet bien propre à inspirer la terreur. C'était une femme vieille et décharnée, couverte d'un large manteau noir, qui, les mains croisées et la tête tristement penchée sur sa poitrine, était assise derrière le chêne. Nos deux amies la contemplèrent avec une espèce de crainte superstitieuse dont elles ne purent se défendre.

Elspeath, car c'était elle, avait une taille au-dessus de l'ordinaire ; ses cheveux, qui commençaient à grisonner, étaient encore touffus et avaient dû être d'un beau noir, mais ils tombaient d'une manière informe autour de son visage pâle et ridé, et ses yeux brillaient d'un éclat sinistre et sauvage qui contrastait avec l'air froid et impassible de sa physionomie et dévoilaient hautement une âme forte et une imagination ardente et déréglée.

Tout à coup elle leva la tête, et apercevant Edith et Mina qui, les yeux fixes et la bouche béante, étaient restées comme frappées de la foudre, elle fit un geste impérieux pour leur ordonner de venir à elle. Edith seule obéit tandis que Mina, ayant rappelé son sang-froid et son courage, s'assit résolûment à quelques pas loin d'elle comme pour lui faire comprendre qu'elle ne venait rien lui demander.

Elspeath parut vivement blessée de cette indifférence apparente ; mais sa physionomie seule put faire connaître cette impression, car elle continua à garder le plus profond silence.

Pendant ce temps, Édith s'était approchée de la veuve de Mac Clamor et, lui offrant le contenu des deux paniers, car elle s'était emparée de celui de Mina, elle lui dit, en s'efforçant de sourire d'une façon intime et familière :

— Eh! bonjour, bonne Elspeath, comment vous portez-vous ce matin?... Très-bien, j'en suis certaine, car par ce beau soleil, la maladie s'envole... Tenez, voilà du wisky pour remettre vos forces, voilà des fruits et des galettes...

— A quoi servent toutes ces paroles qui cachent la pensée? s'écria la vieille Écossaise d'une voix si retentissante qu'elle interrompit aussitôt la pauvre Édith et la laissa tremblante et glacée devant elle. Vous ne vous souciez pas plus de ma santé que de celle du lièvre qui court nos forêts, et vos fruits et vos présents sont le prix que vous offrez à ma science. Déposez donc devant moi vos paniers et donnez-moi votre main en gardant le silence.

Cette dernière recommandation était inutile, car Édith eût été incapable d'articuler un seul mot. Elle obéit donc en frissonnant, et tout son sang reflua vers son cœur, quand elle sentit sa petite main douce et moite emprisonnée dans la main glacée et cadavéreuse de la veuve de Mac Clamor.

Elspeath sembla en étudier les lignes avec une vive attention, puis relevant vivement la tête : — L'avenir ne vous apportera que du bonheur, dit-elle avec un sourire amer, comme si elle eût été douloureusement affectée de promettre de la joie et du bonheur, elle qui en avait toujours été privée ; avant huit jours, vous reverrez votre père qui revient d'un très-long voyage, et avant un mois, vous rencontrerez, dans une partie de campagne, l'homme que vous devez épousez. Allez en paix, fit-elle en lâchant la main qu'elle tenait encore ; mais le jour de votre mariage, n'oubliez pas la vieille Elspeath dans vos générosités, car sans cela la vieille Elspeath se vengerait et changerait vos fleurs de fête en fleurs de deuil.

Édith, enchantée de l'avenir aussi prochain qu'heureux qui lui était prédit, fit à Elspeath les promesses les plus brillantes, et comme elle se disposait à la quitter et appelait Mina pour la suivre, la vieille Elspeat se leva et se plaçant devant Mina à qui elle interceptait ainsi le passage :

— Vous méprisez ma science, imprudente enfant, dit-elle en jetant sur la jeune fille un regard de fureur et de haine; eh bien, je veux vous en prouver la puissance. Tremblez, car vous mourrez la nuit de Noël, au moment où l'horloge tintera l'heure lugubre de minuit. — Et en achevant ces affreuses paroles, la veuve de Mac Clamor bondit comme une lionne sauvage et disparut derrière le rocher.

— Oh ! pardonnez-moi, chère, bien chère Mina, de vous avoir conduite ici, s'écria la pauvre Édith en se jetant tout en larmes au cou de son amie ; mais Mina la repoussa doucement.

— Calmez-vous, Édith, je vous en conjure, fit-elle, et croyez-moi trop de raison pour me laisser impressionner par les méchantes paroles d'une folle qui a voulu me punir de douter de sa science. Je suis fâchée de vous ôter vos illusions, ajouta-t-elle en riant, mais je vous conseille de ne vous préoccuper encore ni de votre toilette de mariée, ni de mon voile funèbre ; nos destinées sont dans les mains de Dieu et personne ne peut les connaître ici-bas.

Le reste de la journée se ressentit et de la fatigue et de la préoccupation des deux jeunes filles ; mais quand le lendemain eut apporté le repos, l'impression produite par les lugubres paroles de la vieille Écossaise s'envola avec les ombres de la nuit, et elles reprirent leur vie insouciante et heureuse comme par le passé, plaisantant même sur les propos qui avaient tant affecté Édith.

La semaine entière s'était à peu près écoulée depuis leur visite chez la sorcière, et nos amies se trouvant seules dans le petit salon de travail par une superbe soirée, devisaient joyeusement en respirant l'air pur et suave qui leur arrivait des montagnes.

— Avouez, Édith, fit tout à coup Mina en laissant glisser un sourire moqueur sur ses lèvres rosées, avouez que votre méchante Elspeath est une triste devineresse, car c'est demain matin que doit expirer le délai qu'elle avait fixé pour le retour de votre père, et, à moins qu'il n'arrive cette nuit, ce que je déclare impossible, puisque nous n'avons reçu de lui aucun avertissement, j'espère que vous vous rangerez de mon opinion sur le compte de la veuve de Mac Clamor.

Mina parlait encore quand la porte du salon fut vivement ouverte pour donner entrée à sir Johnston tenant affectueusement un étranger par la main.

— Tenez, chère Édith, dit-il gaiement, voilà un gentleman qui brûle du désir de vous embrasser, ne le lui voulez-vous pas permettre ? Et comme les domestiques avaient suivi leur maître en portant des flambeaux allumés, Édith, poussant un cri joyeux, se jeta tendrement dans les bras de sir Hemersley, qui la couvrit de baisers et de larmes.

— Ma fille, ma bien chère enfant, disait-il avec émotion, que j'éprouve de bonheur à te voir ! il y a si longtemps que nous nous sommes quittés... Que tu es belle !... que tu es grande !... que mon cœur est joyeux de te retrouver ainsi !... et l'heureux père n'interrompit ses éloges que pour redoubler ses caresses.

Devant cette scène touchante, sir Johnston, ému jusqu'aux larmes, partageait la joie de son ami, tandis que la pauvre Mina s'était sentie atteinte au fond du cœur, non par l'envie, la douce enfant en était incapable ; d'ailleurs n'avait-elle pas aussi un père tendre et adoré ? mais la crainte, car si la prédiction de l'Ecossaise se réalisait pour son amie, ne pouvait-elle se trouver pour elle tout aussi véritable? et la vie est si belle à dix-huit ans !...

Pourtant, comme Mina avait un grand fond de courage et de raison, elle les appela promptement à son aide, et peu à peu elle en arriva à partager sincèrement le bonheur de son amie ; mais, hélas! le coup était porté, et la plaie vive qui s'était ouverte en son âme n'était que cicatrisée pour l'instant.

Heureusement la venue de sir Hemersley entraîna avec elle un mouvement qui sortit forcément Mina de ses pensées lugubres. Tous les jours, c'étaient de longues promenades à travers les montagnes ou en canot sur le lac, puis de joyeuses cavalcades, des fêtes dans les environs qui entraînaient et égayaient Mina et éloignaient ainsi tout souvenir fâcheux. Mais, hélas ! ce repos d'esprit fut de courte durée, car ainsi que l'avait dit Elspeath, Édith rencontra dans une partie de campagne faite avec des amis de sir Johnston un jeune marin que son père avait connu dans l'Inde et qui renouvela connaissance avec lui ; le baronnet Edouard Leslie, présenté à nos gentilles héroïnes, fut accueilli très-favorablement par sir Johnston, et fort peu de temps s'était écoulé quand il demanda Édith en mariage à son père ; alors la malheureuse Mina se sentit condamnée à mort ! mais dévouée et généreuse, comme elle l'était toujours, elle cacha sous le sourire et la joie la douleur qui lui dévorait l'âme.

Le bonheur rend égoïste. Édith aussi s'était d'abord préoccupée tristement de la coïncidence bizarre qui se rencontrait entre les événements et la prédiction d'Elspeath, en songeant à celle qui devait frapper son amie ; mais voyant Mina toujours calme et souriante, elle chassa cette pensée de son esprit.

— Bah ! se dit-elle, Elspeath a voulu seulement effrayer Mina, et sa prédiction n'était pas sérieuse, ainsi elle ne peut pas être vraie ! et rassurée par ce raisonnement, elle se livra complétement à la joie. Puis aussitôt après son mariage, ayant tendrement embrassé son amie et lui promettant de revenir bientôt la rejoindre, l'insouciante Édith suivit son mari sur le continent, voyage dans lequel son père voulut aussi l'accompagner.

Restée alors seule et livrée entièrement à elle-même, la pauvre Mina, qui jusque-là avait su vaincre sa tristesse, tomba dans le découragement et le marasme. Vous savez déjà sans doute, mes aimables lectrices, combien les premiers moments de solitude qui suivent une existence animée par le plaisir et entourée par des amis paraissent vides et déserts, et vous comprendrez facilement alors l'ennui qui, malgré ses efforts, vint envahir le cœur de notre héroïne et donner une force puissante à la pensée cruelle qui s'y était peu à peu imposée en souveraine ; d'autant que, pour l'isoler davantage encore, son père avait été obligé lui-même de faire un assez long voyage nécessité par les affaires de ses immenses fabriques.

Souvent, pendant de longues heures, elle restait plongée dans un vaste fauteuil, les mains jointes sur la poitrine, les yeux levés vers le ciel, sans oser penser, sans pouvoir prier, tant elle se sentait faible et inerte ; et d'autres fois, surexcitée par une fièvre nerveuse, elle courait dans le parc, les cheveux au vent, le front mouillé de sueur, espérant vaincre par la fatigue le souvenir terrible qui, ainsi qu'un serpent, lui étreignait le cœur dans ses replis mortels. Mais, vœux superflus, espérance vaine! chaque jour, au contraire, aggravait le mal et rendait la cure plus difficile encore! Aussi quand, après une séparation de deux mois à peine, sri Johnston arriva, il fut cruellement frappé du changement qui s'était opéré dans sa fille. Ses joues pâlies, ses yeux éteints, sa taille amincie encore et sans plus de force qu'un roseau battu par les vents, ne la rendaient plus que l'ombre d'elle-même.

— O Mina, chère Mina! qu'avez-vous?... d'où souffrez-vous?... demandait l'infortuné en pressant tendrement sa fille contre son cœur et, malgré lui, laissant échapper ses larmes. Puis tout à coup souriant à travers ses sanglots, comme pour ne pas effrayer sa chère malade : — C'est l'ennui seul qui vous a changée, j'en suis sûr, ajoutait-il; et vous regrettez Edith!... Eh bien, nous allons nous mettre à sa recherche, nous allons la suivre sur le continent; vous verrez Paris et ses merveilles, et vous reprendrez alors les roses de vos joues et la gaieté de votre charmant regard.

Et en entendant ces douces paroles, Mina souriait aussi à son père, n'osant pas détruire son espérance en lui disant que ni son amour ni ses soins ne pouvaient lui ramener la santé, lui prolonger les jours ; car elle était condamnée à mourir avant que l'année eût entièrement terminé son cours.

Les préparatifs du départ furent bientôt faits, et, peu de jours après son retour, sir Johnston emmenait sa chère malade pour retrouver la santé sous le doux climat de France.

Les premiers jours parurent lui donner raison et lui rendirent tout espoir ; car Mina semblait revenir à la vie. La diversité des objets nouveaux qui attiraient ses regards diminuait la pensée terrible qui dominait tout son être ; mais à mesure que l'on avança dans la saison, elle se replongea dans le marasme et tomba enfin si gravement malade, que les médecins n'osèrent plus cacher au malheureux père le danger de son enfant.

Le désespoir de sir Johnston fut déchirant en apprenant cette fatale nouvelle ; car il éloignait avec horreur de son esprit toute lueur qui pouvait l'éclairer sur la position de sa fille, se sentant sans force, sans courage, contre une douleur aussi cruelle !

Mina s'aperçut facilement à l'abattement et au sombre désespoir dont tout l'être de son père était empreint qu'il était instruit enfin de la vérité sur son compte ; alors elle lui demanda de retourner dans sa chère Ecosse, ne voulant pas mourir, disait-elle, sans avoir revu le lieu de son enfance, le pays où s'était écoulée sa jeunesse si heureuse.

Sir Johnston n'osa pas se refuser à satisfaire ce qu'il croyait le dernier vœu de sa fille ; et, par une froide journée des derniers jours d'automne, quittant la Touraine, où ils s'étaient établis depuis quelque temps, la pauvre Mina et son malheureux père partirent pour leur joli cottage des environs d'Edimbourg.

Que leur retour fut triste dans ces lieux bien-aimés ! Les arbres étaient dépouillés de leurs dernières feuilles ; les oiseaux, mourants de froid et de faim, avaient déserté ces campagnes inhospitalières pour chercher un abri plus propice ; la neige couvrait la terre de son blanc linceul, et l'isolement et la tristesse habitaient seuls cette demeure naguère encore si animée et si joyeuse.

La position de Mina sembla s'aggraver encore de l'impression douloureuse qu'elle ressentit en rentrant dans cette maison qu'elle appelait de tous ses vœux, croyant la retrouver toujours fraîche et coquette comme elle l'avait laissée, et le jour même une fièvre violente l'obligea de se mettre au lit, — pour ne plus le quitter, pensait-elle; car le mois de décembre venait de commencer, et la prédiction fatale ne lui avait-elle pas appris qu'elle devait finir avant lui!

Sir Johnston, à peine de retour en Ecosse, appela auprès de sa chère malade tous les médecins les plus célèbres des Royaumes-Unis; le malheureux père ne voulait pas abandonner tout espoir. Mais, hélas! leurs prévisions furent aussi cruelles que celles de leurs confrères de France; et ils s'éloignèrent en déclarant que tout espoir était perdu. La jeunesse, la nature... disaient-ils, pouvaient seuls opérer un miracle. Mais ces paroles elles-mêmes, qu'ils croyaient consolantes, augmentaient encore la douleur de l'infortuné père, qui voyait mourir sans pouvoir la sauver son unique enfant, son seul amour dans ce monde.

On était enfin arrivé aux derniers jours de décembre, et Mina commençait à dépérir presque totalement, tandis que sir Johnston, sans force, sans courage, passait les longues journées et les nuits plus longues encore assis auprès de son lit de douleur, tenant une de ses mains dans les siennes, comme s'il n'eût pas voulu perdre loin d'elle une des dernières minutes qui lui restaient encore à la conserver. Les occupations, les affaires, rien ne pouvait le distraire ni l'éloigner de la place qu'il avait prise. Que lui importait l'argent, la considération, le monde entier lui-même!

tout cela valait-il un sourire, une caresse de son enfant ?

Le matin du 23 décembre, un bruit inaccoutumé se fit entendre dans cette maison devenue si morne et si lugubre, et la porte de la chambre de la mourante s'étant ouverte avec violence, une jeune femme s'y précipita en jetant des cris déchirants ; c'était Edith !... — En revoyant Mina, sa sœur bien-aimée, l'amie de son enfance, couchée sur ce lit de douleur, si pâle, si amaigrie et si calme, elle la crut morte ; et, frappée d'une douleur terrible, elle tomba évanouie en s'écriant :

— Dieu te punira, Elspeath ; car tu as tué un ange !

Sir Hamersley, qui suivait sa fille, s'empressa de l'emporter loin de ce lieu funeste, tandis que sir Johnston cherchait à rendre quelque force à Mina, que cette scène déchirante avait totalement abattue ; et quand il la vit un peu mieux, il la quitta un instant pour aller retrouver ses amis et interroger la jeune femme sur les paroles étranges qu'elle avait prononcées. La maladie de sa bien chère Mina avait donc une cause qu'il ignorait.

Il trouva Edith entièrement remise et causant vivement avec son père. Elle lui racontait toute la scène qui s'était passée dans leur visite à la veuve de Mac Clamor. Sir Johnston l'écouta avec découragement, tandis que les yeux de sir Hamersley semblaient briller d'un éclat étrange.

— La vie de toutes les créatures humaines est dans les mains de Dieu seul, dit-il enfin avec exaltation. Priez-le donc avec ferveur, vous, sir Francis, pour qu'il vous rende votre fille ; vous, Edith, pour qu'il vous laisse votre sœur ; car ce que je viens d'entendre me donne quelque espoir de pouvoir la sauver. Je connais les effets terribles de l'imagination ; car, qui est plus superstitieux que le matelot, dites-le moi?... Depuis que je cours les mers, j'ai vu des exemples bien étranges en ce genre. Je ne veux pas m'expliquer davantage; mais je vous demande, Johnston, de me laisser la direction de votre chère malade. Je sais un peu de médecine, comme tout bon marin doit en savoir, et j'ai pour elle le cœur d'un père. — Ne voulez-vous pas m'accorder ce que je demande?

Sir Francis, incapable de répondre autrement que par des larmes, se précipita dans les bras de son ami, qui venait de lui entr'ouvrir le ciel en lui montrant l'espérance; et tous trois rentrèrent dans la chambre de Mina.

Sir Hamersley prit le bras amaigri et inerte de la malade, compta les pulsations de son pouls fiévreux; ensuite il l'interrogea doucement, évitant de la fatiguer. Puis, goûtant les diverses boissons que les médecins avaient ordonnées, il les jeta au feu et sortit, après avoir laissé Édith et son ami tous deux installés aux côtés de ce lit de souffrance.

Quand sir Hamersley eut quitté la chambre de Mina, il appela Dick, vieux marin brave et intelligent, qui depuis de longues années l'avait suivi dans tous ses voyages, et lui parla longuement en semblant lui faire les recommandations les plus vives.

— Que votre Grâce reste en paix, fit Dick aussitôt que son maître eut fini on discours; et si je n'amène pas dans les eaux de votre Honneur cette vieille frégate démâtée, je veux que jamais durant ma vie un verre de wisky n'approche de mes lèvres sans se changer en eau fraîche, et naviguer toujours sur de mauvais chasse-marée au lieu d'avoir l'honneur d'accompagner votre Grâce sur les superbes vaisseaux de Sa Majesté Britannique! Et après avoir fini ce serment, aussi sacré pour lui que, jadis, celui que les dieux faisaient par le Styx, le brave marin s'élança hors de l'appartement; et bientôt après on put le voir franchir d'un pas rapide le chemin qui conduisait aux montagnes.

Cette première opération terminée, sir Hamersley ayant demandé un réchaud rempli de charbon et divers autres ustensiles, s'enferma dans sa chambre une grande partie de la journée.

Quand il revint auprès de la malade, il la trouva plus faible et plus abattue encore. De douloureux soupirs s'échappaient de sa poitrine oppressée, et des larmes brûlantes glissaient lentement le long de ses joues pâles et glacées. La malheureuse enfant calculait avec douleur combien peu d'heures la séparaient encore du moment où il lui faudrait quitter la vie et les êtres chéris réunis autour d'elle. Sir Johnston, aussi pâle, aussi glacé que sa fille, avait perdu son dernier espoir; Édith pleurait et priait en silence; le ministre de Dieu, qui venait chaque jour voir notre intéressante malade et avait voulu passer cette nuit cruelle avec ses amis, l'exhortait doucement à la résignation et au courage; tandis que sir Hamersley, profondément préoccupé, examinait avec une attention qui tenait de l'angoisse les traits altérés de Mina, tout en lui administrant de distance en distance quelques gouttes d'un flacon qu'il avait apporté avec lui, liqueur qui, loin de rendre des forces à la malade, semblait les détruire encore, car on la voyait s'affaiblir comme la lueur légère d'une lampe qui lutte contre le vent : elle vacille d'abord doucement en jetant de pâles reflets, puis elle s'alanguit et elle meurt. Ce fut à peu près ce qui arriva à la pauvre Mina; car à peine le jour venait-il de paraître, qu'elle laissa échapper un violent soupir, une sueur froide découla à larges gouttes de son front, et elle s'éteignit.

— Ma fille!... mon enfant!... elle est morte!... s'écria le malheureux père, en voulant s'élancer sur le lit funèbre. Mais sir Hamersley le retint vivement par le bras.

— Ne la touchez pas, malheureux! vous la tueriez sans ressources... s'écria-t-il. Puis élevant les mains vers le ciel : — A genoux tous, dit-il, à genoux et prions Dieu; car quelques instants vont décider de l'existence de cet ange que le ciel nous dispute. Et donnant l'exemple, il se prosterna devant Celui de qui vient tout secours et tout espoir; chacun imita son exemple.

Une demi-heure se passa ainsi; alors sir Hamersley se leva, s'approcha de Mina, dont la figure calme et reposée montrait bien moins la souffrance que le repos, et étendant sa main vers le malheureux père, qui semblait aussi mourant que celle qu'il pleurait, il s'écria :

— Le Dieu tout-puissant a béni nos efforts; votre fille est dès ce moment hors de danger!

Vous dire la joie mêlée d'inquiétude et pourtant de bonheur de sir Johnston et d'Édith est impossible à ma froide plume. Sir Francis voulait réveiller sa fille pour l'entendre parler, pour la voir, la regarder encore, pour retrouver la vie en elle, en un mot; mais sir Hamersley s'y opposa formellement.

— Vous la tueriez, lui dit-il, et cela sans remède; car ce n'est pas la maladie qui veut vous l'enlever, c'est son imagination blessée. Il faut qu'elle reste vingt-quatre heures endormie; il faut que cette terrible nuit, nuit qu'elle croyait devoir être la dernière pour elle, soit terminée quand elle reprendra sa connaissance. Voilà à quoi ont tendu mes efforts, et voilà à quoi, avec l'aide de Dieu, je suis arrivé; que béni soit son nom!

Malgré ces paroles rassurantes, la journée et la nuit se passèrent pour le malheureux père et même pour Édith dans une inquiétude cruelle. La figure de Mina semblait bien calme et souriante; mais son immobilité, le froid qui la couvrait, les glaçaient de terreur, et tous deux interrogeaient souvent notre marin pour reprendre de la confiance.

Quelque cruelles et terribles que soient les heures, elles viennent, comme les heures du bonheur, s'inscrire à leur tour sur le cadran de l'éternité ; et la journée et la nuit du 24 décembre s'écoulèrent enfin. Comme le joyeux carillon du jour de Noël se fit entendre, Mina poussant un nouveau soupir, ouvrit doucement les yeux.

— Où suis-je ? dit-elle en regardant autour d'elle ; et un léger sourire se dessina sur ses lèvres en voyant ses amis réunis autour de son lit. Puis tout à coup elle détourna la tête avec découragement. — Ah ! je me souviens, fit-elle... Sa cruelle pensée lui était revenue avec la vie.

Sir Johnston et Édith tressaillirent et prirent sa main comme pour lui répondre; mais sir Hamersley, les ayant encore retenus, sonna vivement sans rien dire. Quelques instants après, le brave Dyck, orné de rubans comme une châsse, entra suivi de l'intendant et du sommelier.

— Que venez-vous donc faire ici, misérable? dit en le voyant sir Hamersley, jouant une vive colère et mettant son poing sous le nez du matelot. Comment ! je vous ai appelé toute la nuit, et personne n'a pu vous trouver ! Allez-vous-en et que je ne vous voie de longtemps, ou je vous chasse!

— Mais, votre Honneur, fit le brave marin avec embarras et se frottant l'oreille comme pour trouver à se sortir de peine, n'ai-je donc pas obéi à vos ordres en allant faire

Christ-mass avec mes amis pendant cette nuit de Noël ? et votre Grâce ne m'a-t-elle pas dit hier : « — Dick, pour célébrer la convalescence de notre chère Mina, que voici heureusement hors de danger, je te paye une oie grasse, des galettes d'orge et du wisky à volonté pour régaler tes amis et faire un joyeux Christ-mass ? » Et j'amène mes amis pour assurer à votre Grâce que nous avons bu gaiement à sa santé et à celle de miss Mina, qui va enfin guérir. Et même, pour que Dieu nous accorde la santé de notre chère miss, nous avons fait la charité de nos restes à la vieille Elspeath, qui courait comme une âme damnée, cette nuit, tout autour du château, et qui, en apprenant la convalescence de notre malade, a manqué en mourir de joie, à preuve qu'elle est en bas dans la cuisine à se chauffer devant un bon feu.

En entendant le discours sans suite du bon Dick, Mina, inquiète et palpitante, semblait suspendue à ses lèvres ; elle n'osait pas l'interroger dans la crainte d'une déception cruelle ! Comment la nuit de Noël était passée !... comment minuit, cette heure si terrible pour elle, avait tinté son heure fatale sans que son âme se soit envolée !... elle n'était donc pas condamnée à mourir ?

Sir Hamersley, qui lisait avec attention toutes les pensées qui se succédaient dans l'âme de la malade, pensées qui se devinaient facilement sur son charmant visage, la laissa d'abord quelques instants dans le vague de l'inquiétude, puis il s'écria vivement :

— Allons, je te pardonne, mon brave Dick. Croirais-tu que j'avais oublié que la nuit qui vient de s'écouler était celle de Noël ? Il paraît qu'on ne sait plus comment on vit quand on est auprès des malades. Mais voilà qui met le bon droit de ton côté, ajouta-t-il en prenant l'almanach et semblant y chercher le jour du mois; c'est bien aujourd'hui jour de Noël. Vas donc te coucher tranquillement si tu veux dormir un somme, afin que Christ-mass te soit léger.

A peine sir Hamersley avait-il achevé de parler, que Mina s'écria avec exaltation : — Oh ! merci, mon Dieu, merci ! Et poussant un cri, elle tomba évanouie.

— Le bonheur ne tue pas !... fit sir Hamersley en souriant et s'élançant vers elle pour lui porter secours. Effectivement, au bout de quelques minutes, elle ouvrit les yeux et rendit avec joie les caresses qui lui étaient prodiguées ; mais son docteur, craignant de la fatiguer, exigea que tout le monde quittât sa chambre. Au moment où Édith s'était penchée vers la malade pour l'embrasser, celle-ci lui dit doucement à l'oreille :

— Fais rester Elspeath ici, je veux lui parler.

Lady Leslie, inquiète, ne savait que répondre ; mais ayant jeté un regard sur son père, qui avait entendu la demande et qui lui faisait signe de promettre, elle assura son amie que son désir serait rempli et s'éloigna le cœur joyeux.

Le mieux qui s'était déclaré dans la position de notre intéressante malade fit des progrès si rapides, qu'en peu de jours elle entra en pleine convalescence. Chaque matin elle demandait à Edith de conduire auprès d'elle la vieille Elspeath dans un moment où toutes deux pourraient rester libres ; mais son amie, d'après les conseils de son père, remettait toujours l'entrevue au lendemain. Enfin, sir Hamersley ayant permis ce qu'il regardait comme le perfectionnement de sa cure, il permit à sa fille de conduire enfin la veuve de Mac Clamor dans la chambre de leur chère malade ; seulement il eut le soin de se tenir auprès du lit dans un cabinet caché, afin de tout entendre et d'être à même de porter secours si ses soins étaient utiles.

Quand Elspeath entra dans la chambre de Mina, celle-ci tressaillit de tous ses membres ; mais la physionomie de la vieille Écossaise était tellement changée, que sa terreur ne changea aussitôt en pitié.

— Oh ! pardonnez-moi ma mauvaise action envers vous, miss Mina, dit-elle en tendant des mains suppliantes vers celle qui avait failli être sa victime et laissant échapper ses larmes en voyant la jeune fille si pâle et si faible encore C'est mon méchant orgueil qui est l'auteur du mal ; et je voulais soumettre votre fierté, mais non causer votre mort, Dieu m'en est témoin. Aussi j'ai manqué mourir de douleur moi-même quand j'ai appris votre maladie terrible. Alors j'ai tenté de venir auprès de vous pour vous dire que ma fatale prédiction n'était pas véritable ; mais l'on n'a pas voulu me laisser pénétrer dans la maison : les domestiques sont sans pitié pour le pauvre monde !... Je sentais pourtant que je vous aurais guérie quand vous auriez su que je connaissais d'avance ce que j'avais prédit à miss Édith. Puisque Dick avait fait dire à sa mère son retour, et comme je savais qu'il accompagnait toujours son Honneur sir Hamersley, je pouvais annoncer son arrivée à coup sûr. Puis j'avais appris aussi que le baronnet Leslie était dans le pays pour connaître miss Édith, et que son projet était de la demander en mariage à son père. Vous voyez, miss Mina, que, munie de tous ces renseignements-là, il ne m'était pas difficile de faire une bonne sorcière, ajouta-t-elle avec un douloureux sourire ; et quand on est malheureux, le diable vous tente si facilement, qu'il est presque toujours impossible de lui résister.

Mina sourit à son tour en entendant l'excuse bizarre que lui donnait la vieille Espeath pour obtenir son pardon ; et, lui ayant fait promettre de renoncer à un métier aussi dangereux qu'immoral, elle s'engagea à se charger de son avenir.

La pauvre Écossaise, attendrie de remords et de bonheur en entendant ces charitables promesses, baisait les mains pâles et amaigries de sa jeune bienfaitrice et les couvrait de douces larmes.

Alors sir Hamersley, craignant que si cette scène se prolongeait elle ne pût fatiguer la malade, entra en riant, et embrassant tendrement Mina :

— Votre bonne œuvre nous portera bonheur à tous, chère Mina, dit-il ; car je viens vous annoncer une nouvelle de mariage.

— Et qui se marie donc ? que vous êtes si joyeux ! fit la jeune fille avec étonnement.

— Vous, si vous le voulez bien, chère, bien chère fille ! dit à son tour sir Johnston, qui avait suivi son ami ; car voici une proposition que je reçois. Elle vient du frère du mari de notre bien-aimée Édith ; ainsi nous ne ferons toujours qu'une même famille. Vous l'avez connu dans votre voyage ; que dois-je lui répondre ?

Mina serra tendrement la main de son père en rougissant.

— Vous répondrez oui, cher sir Francis, fit Édith en riant ; car je me porte garant de Mina, et je déclare que *qui ne dit mot consent*. Seulement, ajouta-t-elle plus gravement, j'y mets pour condition que quand Mina sera mère de famille elle prêchera l'exemple à ses enfants ; et que quand elle leur dira, entre autres vérités, que l'imagination est la folle du logis, elle ne lâchera pas si bien la bride à la sienne, que de folle à lier elle la rende homicide.

UN PÈLERINAGE

A NOTRE-DAME DE FOURVIÈRES

CHAPITRE PREMIER

La Rencontre.

Un matin, quelques moments avant le lever du jour, un homme à cheval, visiblement inquiet de son chemin, frappait à la porte d'une humble maisonnette située au bout de la grève solitaire et âpre qui s'étend à l'extrémité du Morbihan; quelqu'un parût à la fenêtre, et une voix mâle et grave demanda ce que l'on voulait.

— Excusez-moi, dit le voyageur; je suis étranger au pays, je crains de m'être égaré, et je voudrais savoir si c'est dans ces parages que je peux trouver la cabane de Kerven le pêcheur.

— La cabane de Kerven le pêcheur? répondit vivement

la personne qu'il interrogeait; mais c'est encore assez loin d'ici. Heureusement pour vous, car vous pourriez vous perdre dans nos landes, j'y vais moi-même ce matin; attendez un moment, et nous ferons route ensemble.

Un quart d'heure après, la porte s'ouvrit, et notre voyageur vit paraître le guide inconnu que la Providence lui envoyait si à propos. C'était un vieillard octogénaire, mais encore robuste, d'une grande taille et d'une allure presque martiale, bien que ses vêtements indiquassent un prêtre. Il avait eu le temps de faire sortir d'une espèce de hangar attenant au rez-de-chaussée un pauvre petit cheval breton, qu'il enfourcha tant bien que mal; puis il fit signe à son camarade de le suivre, et ils se mirent en marche.

La nuit avait été belle; les étoiles, qui semblaient ruisseler dans l'espace, commencèrent à trembler comme une lampe prête à s'éteindre, puis pâlirent et s'effacèrent insensiblement. Le ciel se teignit d'une nuance mate et grisâtre à l'ouest, mais qui se colora et s'éclaira peu à peu aux points opposés. Une brume sillonnée de lames d'argent s'éleva lentement comme un rideau qu'on replie et dessina la ligne grandiose de l'Océan, qu'elle estompait de ses changeants contours et dont on entendait au loin le murmure monotone et doux. Bientôt une lueur plus vive acheva de dégager les divers plans du paysage; une brise fraîche arriva du rivage, et notre voyageur se sentit saisi de ce frisson passager qu'apporte, même en été, l'approche du matin. Enfin ce magnifique spectacle se termina par des magnificences plus grandes encore! Le soleil apparut royalement à l'horizon, semblable à un phare immense allumé tout à coup par une main invisible; un rayon rapide, traversant le double azur des cieux et de la mer, qu'il saisit et enveloppa de ses flammes, confondit, un moment encore, ces lignes majestueuses que le jour allait séparer ; et la nature tout entière, réveillée à la fois par ces flots de chaleur et de lumière, parut vouloir retremper dans sa jeunesse immortelle la fugitive jeunesse de l'homme.

Devant cet imposant spectacle, nos deux voyageurs cheminaient en silence. Le vieillard semblait adresser au ciel une de ces prières mentales si instantes et si ferventes ; car à chaque instant ses yeux se levaient vers lui, comme pour l'implorer, tandis que l'inconnu, auquel il servait de guide, paraissait absorbé par la contemplation du tableau sublime qui se déroulait devant lui. Sa figure pâle et amaigrie, sa taille légèrement voûtée, aurait pu faire croire qu'il était malade, si l'expression triste et découragée qui s'échappait de ses yeux n'avait pas montré que la douleur seule causait ces effrayants ravages, un soupir s'échappait de temps en temps de son cœur, et sans doute une de ces plaintes de l'âme parvint à l'oreille de son compagnon de route; car aussitôt les regards de celui-ci se tournèrent vers lui, d'abord avec surprise, puis peu à peu avec commisération et intérêt. Ministre du Dieu consolateur, il sentait qu'il pouvait avoir une plaie à guérir, des larmes à essuyer. En ce moment, les regards des deux voyageurs se croisèrent, et le bon abbé, voulant sans doute rapprocher les distances, porta la main à son chapeau et improvisant une présentation immédiate et directe :

— L'abbé Jeannic, recteur du Beauzec, dit-il en souriant.

L'étranger lui répondit d'abord par un triste sourire, comme pour le remercier de cette aimable politesse; mais réfléchissant sans doute qu'il devait agir de même que son guide, et que, d'ailleurs, dire son nom ne l'engageait à rien, il salua à son tour.

— Charles Dorlanges, fit-il; puis il retomba dans le silence.

Ce n'était pas sans doute le but que voulait atteindre le recteur; car, malgré cette réponse brève, il chercha à renouer la conversation éteinte.

— Monsieur est-il Vendéen? demanda-t-il avec intérêt.

— Non, monsieur, je n'ai pas cet honneur, répondit froidement celui-ci; et il détourna les yeux, comme pour prouver que les questions lui étaient désagréables.

— Ah!... Alors, vous êtes marin; car, sans cela, qu'iriez-vous faire chez Kerven le pêcheur? redemanda bravement le curé, qui ne voulait pas abandonner la partie.

Charles Dorlanges jeta un regard furieux sur son intrépide questionneur; mais peu à peu sa colère se fondit dans une avide attention. Les traits rudes et énergiques du vieux prêtre, bien que creusés profondément par les rides, étaient encore pleins d'énergie, de vie et de vigueur; il se tenait sur son misérable cheval avec une aisance singulière pour son âge et sa profession; et, en l'examinant avec soin, on pouvait remarquer une longue cicatrice qui ressortait comme un large fil blanc sur la peau hâlée de sa tempe et de sa joue et allait se perdre sous son rabat.

— Vous avez été soldat, mon père? demanda-t-il à son tour avec une curiosité pleine d'intérêt.

A cette question, le recteur se prit à sourire avec bonté.

— C'est juste, fit-il en secouant doucement la tête; avant que la confiance arrive, il faut se connaître. Oui, mon ami, dit-il, j'ai été soldat; et si l'histoire de ma modeste vie peut vous intéresser, la voici en peu de mots :

Je suis le fils d'un paysan de ce pays, et dans les guerres de l'empire je fus enlevé à ma famille pour faire partie de cette armée immortelle qui promenait notre drapeau victorieux d'un bout à l'autre de l'Europe. J'étais heureux et vivais insouciant de l'avenir, quand le régiment dont je faisais partie fut envoyé pour augmenter l'armée de Naples, que commandait alors le roi Murat.

On était au commencement de l'hiver 1810. Ce fut une affreuse époque pour la Calabre !... La guerre de partisans y continuait en dépit de toutes les mesures prises par le beau-frère de Napoléon ; quelques hommes dévoués à Ferdinand et quelques bandes de brigands envoyés tout exprès en Sicile par les Anglais, avait dégénéré, à la longue, en une sanglante série de mas acres et de guet-apens. Les soldats français ne pouvaient plus voyager isolément ou par petits pelotons, sans tomber, au détour d'un sentier, sur l'arête d'un ravin, mortellement atteints par les balles ou les poignards de ces brigands. Et, malheureusement, tout favorisait cette guerre atroce : la haine des habitants contre les Français; l'imprudence de ceux-ci et la nature même de ce pays, creusé de précipices, bosselé de montagnes, coupé en tous sens par des taillis épais, des gorges profondes, des bois impénétrables.

Murat, irrité de ce qu'il perdait à ce jeu sanglant bon nombre de ses plus braves soldats, voulut en finir. Il nomma le général Manhès commandant des provinces calabraises avec un pouvoir illimité, et augmenta au moins de moitié l'effectif de ses troupes. Vous comprenez que je me trouvais compris dans ces dernières.

Manhès n'y alla pas par quatre chemins : il établit son quartier générai à Cosenza, à dix lieues environ de Martorano; puis, par des attaques vigoureuses, il refoula presque tous les révoltés dans la forêt de la Scilla et dans celle de Sainte-Euphémie.

Une fois ce premier succès obtenu, il calcula que ces bandits, réfugiés dans les bois, au milieu de la saison rigoureuse, ne pourraient pas y vivre, et que, pour qu'ils vécussent, il faudrait, ou qu'ils vinssent chercher des provisions dans les fermes et dans les villages, ou qu'on leur en apportât des villages ou des fermes. Alors, il décréta que tout homme, toute femme, tout enfant même, qu'on trouverait allant aux champs avec un morceau de pain dans sa poche serait immédiatement fusillé; que les gardes de *la sciara* (c'étaient les gardes nationaux indigènes) envoyés à la poursuite des brigands qui rentreraient en ville sans en ramener avec eux de tués ou prisonniers, seraient immédiatement fusillés; que tout syndic ayant dans sa commune un certain nombre d'*hommes en campagne* serait fusillé, ainsi que le curé et le père et la mère de ces brigands. Et il va sans dire que les villages ainsi compromis devaient être, dans un temps déterminé, et si on n'avait pas pu réussir à s'emparer morts ou vifs de ces brigands, que ces villages, dis-je, devaient être cernés, brûlés, rasés et passés par les armes.

Je conviens avec douleur que toutes ces atroces mesures étaient, jusqu'à un certain point, justifiées par les massacres dont nos malheureux régiments étaient victimes; aussi, bien loin de s'en plaindre, les soldats y applaudissaient avec joie, d'autant que la prise d'un horrible bandit, bandit qui était d'une cruauté sans exemple, avait été la suite de ces mesures terribles.

Un jour, Fra-Diavolo...

— Fra-Diavolo ! interrompit en riant Charles Dorlanges ; celui dont on a fait un si joli opéra-comique?...

— Je ne sais pas ce que l'on a fait après sa mort : mais je ne sais que trop bien ce qu'il a fait durant sa vie, car c'était le plus infâme scélérat que la terre ait porté [1], et sa mine, du reste, ne dissimulait en rien ses crimes. Il était petit, gros, trapu, avait les cheveux roux, le regard fauve, la bouche garnie de longues dents pointues comme celles du loup, ce qui lui donnait une expression de férocité basse et atroce. Il aimait le sang pour le sang, le meurtre pour le meurtre ; et il nous faisait un mal horrible. Un matin, c'était le lendemain d'une affaire des plus meurtrières, une femme grossièrement vêtue, et plus grossièrement tournée encore, vint chez un apothicaire de Martorano dans l'intention d'y chercher un emplâtre bon à guérir une blessure que, disait-elle, elle s'était faite au bras en tombant du toit de sa maison.

— Voyons la plaie, demanda l'esculape, ayant sans doute conçu quelque soupçon ; mais que, grâce à la dissimulation italienne, il cacha sous la plus complète bonhomie. La fausse villageoise en fut dupe ; elle découvrit son bras, horriblement mutilé, et où l'apothicaire découvrit, sans pouvoir s'y méprendre, l'œuvre sanglante de nos armes à feu.

— Diable ! diable !... ma bonne mère, vous vous êtes fait là bien du mal, s'exclama-t-il sans changer rien à la placidité de son regard : attendez-moi un moment, je vais chercher ce qu'il vous faut, et vous serez soulagée de suite.

1. Tous ces détails sur le portrait et l'arrestation de *Fra-Diavolo* sont de la plus exacte vérité.

Malgré sa finesse, Fra-Diavolo fut dupe de cette simplicité apparente; mais quand il entendit qu'on l'enfermait, il comprit sa faute, et se mit à rugir comme le tigre blessé, en cherchant à renverser la porte avec ses dents, avec ses pieds et avec le seul bras qui lui restait encore. Heureusement ses efforts furent vains, et quand nous arrivâmes pour le prendre, nous le trouvâmes écumant dans sa rage impuissante ; pourtant, malgré ses blessures cruelles, il se défendit encore, et ce ne fut que mort qu'on put le livrer au gouverneur, qui ordonnat que son corps serait pendu aux murailles de la ville pour faire connaître à tous la fin honteuse du bandit.

Vous comprenez, mon jeune ami, sans que j'aie besoin de vous le dire, combien devait être peu agréable la vie que nous menions dans ce pays maudit. Aussi, chaque nuit, je rêvais de mes bruyères, de notre cabane et de mon cher village, où je me voyais revenir.

Un jour, jour affreux et terrible, je fis partie d'un détachement chargé d'une exécution, peut-être juste, mais certainement cruelle ! Nous avions été commandés pour fusiller un certain nombre de bandits, de femmes, et parmi eux se trouvait un prêtre !... Vous frémissez, n'est-ce pas ? Eh bien, j'étais soldat, je dus faire mon devoir... mais de ce moment je fis un vœu au ciel : celui de me consacrer à Dieu pour expier ce qui peut-être envers lui était un crime. Alors ce Dieu bon, à qui je me donnais, me protégea sans doute, car si ce n'est qu'on me fit une assez vilaine blessure à la figure, — et il montra sa cicatrice, — je sortis sain et sauf de cet affreux pays. Et aussitôt que je rentrai dans mes tristes foyers déserts, hélas! durant la guerre j'avais eu le malheur de perdre mes parents bien-aimés, je n'eus aucun regret à remplir ma promesse, et depuis je vécus heureux en suivant ce que m'ordonnent mes modestes devoirs.

Tout en devisant ainsi, nos voyageurs, sans s'en apercevoir, avaient atteint le but de leur course, et ils étaient arrivés auprès d'une petite cabane située au bord de la mer, cabane dont la vue seule respirait la plus profonde détresse.

— Est-ce que c'est là la demeure de Kerven le pêcheur? demanda M. Dorlanges avec une surprise mêlée de quelque inquiétude.

— Hélas! oui, fit le bon recteur en laissant échapper un profond soupir. Ils sont bien malheureux depuis que leur pauvre fils a eu un mauvais numéro et a dû partir matelot par son mauvais sort. Personne n'est assez riche dans notre pays pour le racheter, et ses parents meurent de misère! Oh! vous venez chercher là, mon ami, un bien triste spectacle!... Et du doigt il montrait un jeune garçon aux traits hâves et chétifs qui jouait, dans une oisiveté maladive, avec les galets de la plage; une femme plus infirme que vieille, et plus abattue qu'infirme, qui, appuyée sur les montants de sa porte, essuyait de temps en temps, avec son tablier de toile grise, ses yeux obstinément fixés sur la mer; tandis qu'un homme de cinquante ans à peu près, pauvre homme infirme, — car un bras lui avait été enlevé — au teint basané, au visage rude, assis sur le seuil auprès d'elle, racommodait tristement avec la seule main qui lui restait de vieux filets rompus! Parfois une habitude machinale lui faisait commencer quelque chanson bretonne, qu'il interrompait aussitôt pour retomber dans sa sombre et douloureuse rêverie.

C'était la cabane et la famille de Kerven le pêcheur; et depuis le départ de leur fils aîné, dont la vue les réjouissait, dont la force et l'adresse étaient leur principale ressource, Pierre Kerven, sa femme et son plus jeune fils n'avaient compté les journées et les heures que par leurs souffrances : la pêche du pauvre mutilé, malgré que ses voisins lui vinssent en aide, mais que peuvent de pauvres gens pour secourir les malheureux?... ne suffisait pas pour les faire vivre; et un découragement immense, complet, désespéré, achevait de les livrer aux meurtrières atteintes de la misère.

Le vénérable recteur, habitué, sans doute, à ce triste spectacle, s'avança affectueusement vers la mère infortunée; il lui dit de ces bonnes paroles qui viennent de l'âme, paroles qui, sans lui donner positivement une espérance qui n'eût fait qu'accroître sa désolation si elle eût été déçue, faisait glisser dans son cœur la confiance de meilleurs jours. Une grosse larme qui tomba sur ses mains, mais larme moins amère que celles qui l'avaient précédée, fut sa douce récompense.

— Que Dieu vous bénisse de votre bonté pour de pauvres jens comme nous, monsieur le recteur! fit-elle en se signant dévotement; et surtout qu'il protége mon pauvre gars, qui navigue peut-être sur une mer mauvaise, ajouta-t-elle en jetant de nouveau un triste et perçant regard sur l'horizon qui s'étendait devant elle, comme si elle pouvait le prolonger jusqu'à son enfant.

— Dieu est miséricordieux et juste, et il mesure le fardeau dont il accable aux forces de ceux qui doivent le porter, dit l'abbé Jeannic en levant les yeux vers le ciel, comme s'il avait voulu le prendre pour témoin de ses paroles; ayez confiance en lui et espérez. Puis, comme il avait été soldat et qu'il connaissait aussi le langage qu'il allait parler à ces natures rudes et grossières, il parvint à son tour à relever le courage du vieillard, tout en glissant dans la main caleuse du marin une humble pièce d'argent, enlevée sans doute, si ce n'est à ses besoins pressants, au moins au strict bien-être de sa charitable existence.

Pendant que cette scène touchante se passait, Charles Dorlanges, appuyé contre le chambranle de la porte entre-ouverte, semblait livré à la plus profonde méditation. Tout à coup il secoua la tête comme pour chasser une pensée importune.

— Ce ne peut pas être ici qu'elle est venue se réfugier... murmura-t-il entre ses dents; oh! non. Les indications doivent être fausses... les renseignements ont été mal pris... Non, ce ne peut pas être ici.

Et semblant plus tranquille après cette assurance qu'il se donnait ainsi à lui-même, il se rapprocha de la triste famille des pêcheurs, il joignit son offrande à celle du pauvre abbé.

Après que quelques instants se furent encore écoulés en douces et bonnes paroles, le recteur et son compagnon allaient se retirer, quand tout à coup l'abbé releva brusquement la tête et regardant Dorlanges avec sévérité.

— Vous m'avez donc trompé, lui demanda-t-il d'une voix brève, en me disant que vous aviez une affaire qui vous appelait chez Kerven le pêcheur?... J'ai cru que vous pouviez lui apporter une heureuse nouvelle, c'est pour cela que je vous y ai conduit avec tant d'empressement. Ne me punissez pas de ce léger service en me laissant croire que j'ai pu vous servir de jouet. Expliquez-vous, je vous en prie.

Tout en parlant ainsi, la figure vénérable du recteur s'était entièrement transformée, et dans ses yeux brillaient la bravoure et la susceptibilité chatouilleuse du soldat.

En entendant ces paroles, Charles Dorlanges parut un moment embarrassé ; mais cachant ce malaise sous un sourire :

— Je n'ai pas pu avoir l'intention de plaisanter avec vous, monsieur l'abbé, dit-il; d'abord, parce que je n'avais pas l'honneur de vous voir quand je vous ai parlé, puisque je m'adressais à tout hasard à une porte fermée et que je suis étranger dans le pays ; puis ensuite, ou du moins avant cela, parce que je respecte beaucoup trop le caractère vénérable dont vous êtes revêtu, pour me permettre jamais une action que je trouve aussi déplacée qu'inconvenante ; veuillez en croire ma parole d'honnête homme et mon respect de chrétien.

M. Dorlanges parlait encore que déjà l'expression de placidité et de mansuétude qui faisait le charme de la figure du bon vieillard avait reparu sur ses traits ; et à peine eut-il fini qu'il lui tendit la main en lui disant avec bonté :

— Eh bien, pardonnez-moi alors mes soupçons, mon jeune ami; mais que voulez-vous!... quand on a une fois respiré de la poudre, on en garde toujours quelque reste de fumée, fumée que les années même ne dissipent pas entièrement, vous venez d'en avoir la preuve.

Charles Dorlanges serra entre les siennes la main qui lui avait été tendue ; puis, voulant prouver à son tour que dans toute sa conduite il n'y avait eu rien que d'excusable ;

— Je crois effectivement être appelé chez Kerven par un motif de la plus haute importance, dit-il en laissant échapper un soupir ; mais la vue de leur chaumière, leur aspect, tout m'a prouvé que la famille Kerven que je cherchais n'était pas celle que j'avais devant les yeux. Ceux que je cherche doivent vivre dans une certaine aisance, et...

Un triste regard sur ce qui l'entourait acheva sa pensée.

— D'ailleurs, la femme à laquelle j'ai besoin de parler, Yvonne Guerek...

— Yvonne Guerek... que lui voulez-vous ?... C'est moi ! interrompit vivement la pauvre mère affligée.

— C'est vous, Yvonne ?... vous... vous ?... fit M. Dorlanges avec une douloureuse surprise.

— Eh bien ! oui... c'est moi !... Encore une fois que me voulez-vous ? m'apportez-vous des nouvelles de mon pauvre enfant ? Alors parlez... parlez vite... et que le bon Dieu et la sainte Mère des Anges vous en récompensent !

Dorlanges secoua tristement la tête.

— Ce n'est pas de votre enfant; mais au sujet de deux êtres qui me sont [illegible] que je veux vous [illegible]. N'est-ce pas auprès de vous qu'il y a quelques années une jeune femme et un enfant sont venus se réfugier ?...

— Germaine ! ma bonne, ma sainte Germaine !... interrompit de nouveau Yvonne ; c'est d'elle que vous voulez parler, n'est-ce pas ?... Eh bien, oui, c'est ici qu'elle s'est réfugiée : c'est ici qu'elle est venue cacher sa douleur et sa résignation héroïque... Que lui voulez-vous ? qui êtes-vous pour me parler d'elle ?... Est-ce le bonheur ou la douleur que vous lui apportez ?...

— Où est-elle ?... faites-moi lui parler au plus vite... ma bonne Yvonne, je vous en prie, dit Charles en joignant les mains comme dans la prière, tout en évitant de répondre aux questions qui lui étaient adressées

— Où elle est ?... fit avec un geste de découragement la femme du pêcheur. Eh ! le sais-je, mon Dieu ?... Et elle lui raconta comment, il y avait bien des années de cela, Germaine, sa sœur de lait, mal mariée à un fou, était venue se réfugier auprès d'elle avec son enfant, après avoir été quittée par son mari, lequel, de tout une grande fortune, ne lui avait laissé que quelques débris avec quoi elle comptait élever sa fille, la jolie petite Blanche ; que pendant quelque temps elle avait vécu, sinon heureuse, au moins tranquille dans cette humble obscurité, quand, à la suite d'une coqueluche qui avait cruellement atteint Blanche, les médecins ayant déclaré que le climat de Bretagne était trop froid pour sa petite poitrine affaiblie, la pauvre mère avait emporté son enfant vers des pays plus chauds.

— Et avec elle, ajouta Yvonne, tout le bonheur s'est envolé aussi... Ç'a a été d'abord mon pauvre Pierre qui s'est mutilé le bras, bras qu'il a fallu lui couper... puis, mon cher enfant, mon Yves bien-aimé, qu'ils ont enlevé de notre foyer... Et la misère est venue pour le remplacer ici.

Voulant sans doute écouter Yvonne avec plus d'attention, Dorlanges avait laissé tomber sa tête entre ses mains; mais quand elle cessa de parler, il continua à garder le silence. Alors le bon recteur commençant, sinon à deviner, du moins à pressentir la douleur de celui auquel il avait servi de guide, voulut interroger à son tour la femme de Pierre Kerven, afin d'en faire jaillir quelque lumière utile.

— Et cette dame, qui vous aimait pourtant, a cessé complètement de vous donner de ses nouvelles ? lui demanda-t-il; mais c'est fort mal à elle cela !

— Ça n'est pas Germaine qui est dans son tort, c'est moi seule, monsieur le recteur, fit vivement Yvonne ; dame, que voulez-vous ! des pauvres gens comme nous ne savent pas grand'chose. Germaine m'a écrit une belle lettre pour me dire où elle restait, puis que sa petite fille était guérie enfin une foule de choses encore... J'ai voulu lui faire savoir, par le maître d'école, que nous aussi nous nous portions tous bien... alors nous n'avions pas encore été frappés par la peine... et lui dire aussi que nous l'aimions toujours! mais sa chère lettre avait été perdue, et depuis il ne nou en est pas revenu d'autre, Germaine aura cru à notre oubli, ou elle sera tombé dans le malheur comme nous; et alors on n'a plus le cœur de songer même à ses amis...

Un douloureux gémissement répondit seul à ces dernières paroles.

— Vous souffrez, mon fils, alors vous m'appartenez, dit le bon abbé en attirant vers lui le pauvre Dorlanges, dont les larmes ruisselaient à travers ses doigts crispés sur sa figure; oui, vous m'appartenez, non comme homme, je vous suis inconnu, mais comme ami, comme frère, comme enfant, car je suis un des ministres de Celui qui dit dans sa bonté toute divine : « Venez à moi, vous qui pleurez, et je sécherai vos larmes; venez à moi, vous qui souffrez, et je guérirai vos plaies cruelles; venez à moi, vous qui désespérez, et je vous rendrai l'espérance. »

Venez donc avec moi, ouvrez-moi votre âme, dites-moi vos peines; on se soulage souvent en en parlant à un ami, et, d'ailleurs, un fardeau porté à deux paraît toujours plus léger. Je vous offre une bien humble hospitalité dans ma bien humble demeure; restez quelques jours avec moi, quelques semaines, si vous voulez. Je vous aiderai dans vos recherches, et, j'en ai confiance, le bon Dieu bénira mes efforts!...

Charles Dorlanges remercia avec effusion le bon recteur pour son offre généreuse, qu'il accepta de la même manière qu'elle lui était faite, c'est-à-dire avec simplicité.

Alors, après avoir dit adieu à la famille Kerven, tous deux se mirent en route pour regagner la modeste demeure où la Providence avait conduit notre voyageur à son arrivée dans ce pays.

Mais tandis qu'ils cheminent tout en causant de choses indifférentes, évitant chacun de son côté de ramener la conversation sur le chapitre brûlant qui les préoccupait vivement tous les deux, nous allons les quitter pour aller faire de nouvelles connaissances, connaissances qui, je l'espère, ne vous intéresseront pas moins que celles que nous sommes forcées d'abandonner, momentanément du moins!

CHAPITRE II

Le vœu de Blanche.

Par un matin du mois de juin, le soleil s'était levé dans toute sa royale splendeur; les prairies semblaient couvertes de parcelles de diamants échappées de l'écrin céleste; la rivière brillait comme un vaste miroir; enfin, la nature entière, réveillée sous ses rayons brûlants, exhalait de délicieux parfums, modulait de divines harmonies.

Au milieu des bouquets de bois fleuris se penchant gracieusement vers les eaux, une petite maison blanche, entourée de vergers et de jardins et couverte jusqu'au toit de roses grimpantes, de clématite et de vigne vierge, attirait d'abord les regards. Placée au soleil levant, comme pour saluer la première l'astre divin qui nous éclaire, coquette, le bouquet sur l'oreille avec ses buissons de fleurs et ses haies d'églantines, elle inspirait un sentiment de bien-être et de joie; elle attirait les yeux et fixait les cœurs.

Au moment où nous arrivons devant elle, toutes les fenêtres en étaient ouvertes, comme pour aspirer l'air et la lumière. Sur l'une d'elles, on voyait une grande volière remplie d'oiseaux qui chantaient à l'envi, voulant faire croire, sans doute, à ceux qui, plus heureux qu'eux, volaient en liberté ou qui gazouillaient sur les arbres, que leur prison leur semblait douce et leur cage dorée; sur une autre, un joli petit griffon blanc auquel ses oreilles et ses yeux noirs donnaient un air étrange aboyait joyeusement aux papillons qui voltigeaient, aux mouches qui bourdonnaient, à l'hirondelle rasant la terre pour y chercher sa proie.

Enfin, la croisée du milieu, tout entourée de clématite comme un cadre charmant, laissait pendre un grand rideau de mousseline blanche agité par le vent et se gonflant au milieu des fleurs en formant une tente légère. De temps en temps, une voix fraîche et perlée s'en échappait en modulant la chanson du hameau ; puis elle répondait à une autre personne, comme invisible, et qui semblait au fond de l'appartement, conversation entremêlée de paroles caressantes envoyées aux petits serins babillards ou au griffon tapageur.

Après quelques instants, une main toute mignonne, mais de cette teinte rosée qui annonce une très-jeune fille, saisit le rideau, le tira vivement, et une charmante enfant à la mine espiègle, à la bouche rieuse, parut tout à coup au milieu des fleurs. Elle se pencha en avant, et mettant sa petite main sur ses yeux, comme pour les abriter des rayons du soleil, elle regarda attentivement le clocher de l'église du village située en face de la maison blanche, de l'autre côté de la rivière.

— Mon Dieu, maman, dit-elle enfin, je ne peux pas d'ici voir l'heure à l'horloge ; mais je suis sûre, d'après le soleil, que votre montre avance d'une grande demi-heure au moins et que la pendule du salon se trompe aussi bien qu'elle.

— Et moi, je vous dis, Blanche, que votre science est en défaut, répondit une dame qui se montra auprès d'elle et l'attira doucement, que si donc vous continuez à jouer avec Musette et à faire la conversation avec vos oiseaux, nous n'assisterons pas à la procession, et que votre place sera prise alors par une autre.

— Oh! non, maman, non, je ne serai pas en retard, s'écria Blanche; j'aime trop notre belle Fête-Dieu pour ne pas vouloir y prendre ma part. D'ailleurs, n'est-ce pas le jour des grâces? et je veux en demander une à Dieu...

A peine ces paroles furent-elles prononcées que Blanche s'arrêta avec embarras; mais sa mère, tout en poussant un triste soupir, avait feint ne pas l'entendre, et s'occupait activement à aider notre jeune héroïne à terminer son importante toilette; aussi, peu de temps après, Blanche, simplement vêtue d'une robe de percale, d'une ceinture bleue et d'un gracieux chapeau de paille orné d'un ruban pareil à la ceinture, sortit de la maison en donnant le bras à sa mère. Et ce fut avec recueillement qu'elle se joignit à la procession, qui déjà quittait l'église, s'avançant majestueusement entre deux haies de mains jointes et de fronts prosternés, précédée du sacristain qui portait la croix, d'une grande et forte fille tenant la bannière de la Vierge, et du petit Jean, l'enfant de chœur, qui marchait à reculons en encensant avec beaucoup de grâce. Enfin, quand le Saint-Sacrement, couvert de fleurs et ayant répandu ses bénédictions sur tous, rentra dans l'église, Blanche et sa mère le suivirent encore pour assister au service divin; mais quand tout fut fini et que madame Dorlanges voulut quitter l'église, notre jeune amie se refusa à la suivre.

— Laissez-moi encore un peu ici, maman, je vous en prie, lui dit-elle, je voudrais parler à monsieur le curé; envoyez seulement Margelonne me chercher dans quelques instants.

Madame Dorlanges, ne trouvant aucune raison pour se

refuser au désir de sa fille, quitta seule l'église avec le calme, on pourrait même dire la raideur dont elle ne se départait jamais.

En attendant le curé qu'elle avait fait prévenir, Blanche s'agenouilla sur son prie-Dieu. Ainsi posée, elle eut pu servir de modèle pour un des anges divins qui entourent le Seigneur. Ses mains jointes, ses yeux pleins d'amour et de confiance élevés vers le ciel, et ses cheveux blonds et dorés comme par un doux rayon de soleil, inondaient son charmant visage de ces boucles légères qui figurent une auréole.

Un quart d'heure s'était à peine écoulé, quand un pas traînant qui retentit sur les dalles de l'église la sortit de sa pieuse méditation. Elle leva vivement la tête; le bon curé était auprès d'elle. C'était un vieillard dont la figure douce et paternelle inspirait la tendresse et le respect.

— Ce n'est pas pour vous confesser, j'espère, que vous m'avez fait appeler, mon enfant, lui demanda-t-il en souriant, car à moins que vous ne soyez *in extremis*, ce dont je doute en voyant vos joues vermeilles et vos yeux brillants, vous me permettrez de m'occuper d'abord de mon pauvre estomac qui m'appelle à grand cris ; il est midi bien sonné et je ne lui ai encore rien offert de tout le jour.

— O monsieur, pardonnez-moi mon égoïsme, je vous en prie, répondit Blanche en rougissant d'embarras; mais j'avais à vous confier une chose si grave, que j'ai oublié le besoin que vous deviez avoir de rentrer chez vous après un office aussi long que celui d'aujourd'hui.

— Vous aviez à me confier une chose grave, dites-vous, ma fille? Eh bien! que ce soit sans retard; je peux certainement attendre encore un peu sans en mourir, et d'ailleurs l'âme passe avant le corps... Venez dans un confessionnal, mon enfant.

— Ce n'est pas d'un péché qu'il est question, Dieu merci, mon père, fit la jeune fille en souriant à son tour, mais tout simplement d'un conseil que je veux vous demander, et je remettrai ma consultation à plus tard.

— Mais non, mais non, le tout peut très-bien s'arranger à la satisfaction de chacun; accompagnez-moi jusqu'au presbytère, je marche lentement, nous pourrons donc causer à l'aise, puis vous partagerez mon frugal déjeuner; on a toujours faim à votre âge, et après cela, je vous reconduirai moi-même chez madame votre mère. Ce petit projet vous sourit-il, mon enfant.

— Oh! oui, bien certainement, il me plaît infiniment, répondit vivement Blanche, et après avoir respectueusement salué l'autel, le veillard et la jeune fille se mirent en route.

Michel Durand, le vénérable curé de ***, était une bonne et simple nature; sorti des rangs du peuple, voué dès sa jeunesse à la prêtrise, il avait embrassé le service des autels par vocation sincère et fervente et n'avait jamais rien entrevu au-delà des humbles et austères devoirs qui lui étaient échus en partage au fond d'une campagne. Aussi le monde et ses plaisirs, ainsi que ses douleurs, lui étaient complètement inconnus : servir Dieu, soigner les malades, secourir les pauvres, voilà quelle était sa science, voilà ce qui composait ses uniques pensées.

— Eh bien! mon enfant, fit-il avec un air interrogatif, quand ils se trouvèrent en chemin, et voyant que Blanche gardait le silence : qu'avez-vous donc de si grave à me demander, je vous prie? Je vous avoue qu'il se mêle à tout l'intérêt que je vous porte, un certain grain de curiosité dont je m'accuse; car, Dieu merci, quand on a seize ans, les choses graves sont très-rares.

— La montagne de Notre-Dame-de-Fourvières est-elle bien loin d'ici? demanda Blanche en sortant d'une rêverie assez profonde pour montrer qu'elle n'avait pas entendu les paroles du veillard et qu'elle répondait ainsi à sa pensée intime.

— Notre-Dame-de-Fourvières!... fit le vieux curé avec surprise ; et qu'a de commun, je vous prie, ce saint pèlerinage avec ce que vous avez à me demander?

— C'est que ce que je veux vous demander, monsieur, interrompit Blanche avec une certaine énergie, c'est justement comment je dois m'y prendre pour faire ce saint pèlerinage.

— Mon Dieu, c'est la chose du monde la plus simple, répondit le pasteur; demandez à votre maman de vous conduire à Lyon, ville qui n'est pas loin d'ici, et là tout le monde vous indiquera la route qu'il vous faudra prendre pour arriver à la sainte chapelle.

— Mais si je voulais faire ce pèlerinage sans que maman en soit prévenue ?

— Fi! ma fille, fi ! méchante enfant! votre vœu est donc contraire au bon plaisir de Dieu, puisque vous voulez vous cacher de votre mère ?

— C'est seulement pour qu'elle ignore que je connais ses peines que je me cache ainsi, reprit Blanche. Vous le savez, monsieur le curé, ma mère est une sainte femme et elle m'aime et me soigne comme un enfant chéri; mais malheureusement, et j'ai tort sans doute, sa froideur m glace, sa gravité me fait peur!... Jamais elle ne me prodigue de ces bonnes et maternelles caresses qui me rendraient si heureuse! jamais elle ne me dit un mot de tendresse; jamais elle ne me réjouit par un sourire d'amour... Quand j'étais plus jeune encore, c'est-à-dire quand j'étais enfant, cette froideur me rendait ingrate, et j'étais indifférente et froide aussi; mais peu à peu je suis arrivée à comprendre que ma pauvre mère devait souffrir pour être ainsi avec moi. Alors j'ai cherché à connaître la plaie qui lui rongeait l'âme, et je suis arrivée à savoir que l'absence de mon père, car il vit, monsieur, et c'est le hasard seul qui m'a fait connaître ce fait, si grave pourtant et peut-être si heureux pour moi, que l'absence de mon père, dis-je, décolore et flétrit sa vie...

Le bon vieillard écoutait Blanche avec surprise et intérêt.

— Et comment, mon enfant, êtes-vous parvenue à savoir tout ce que vous me racontez-là? Entre votre joyeux caractère et l'heureuse étourderie de votre âge, je ne pensais pas qu'il y eut place pour des pensées aussi sérieuses.

Blanche fit un léger mouvement d'épaule.

— Parce que j'ai le malheur de n'avoir que seize ans...

Le vénérable vieillard l'interrompit en souriant.

— Dites que vous avez le bonheur d'être encore à cet heureux printemps de la vie, et nous nous entendrons beaucoup mieux, ma chère fille. Mais, continua-t-il, nous voici arrivés; remettons donc à plus tard la fin de votre confidence, car je vois Madeleine qui regarde d'un air inquiet quelle est la personne que je lui amène pour convive. C'est que, voyez-vous, la table d'un pauvre curé de campagne n'est pas splendidement servie, même un jour aussi beau que celui-ci; nous avons tant de pauvres dans la paroisse!...

Effectivement une vieille servante, au bonnet rond plissé, au bavolet bien blanc, se tenait postée sur le pas de la porte comme une sentinelle avancée qui défend un passage dangereux; mais quand elle eut reconnu Blanche, un sourire vint éclairer ses traits anguleux et ridés.

— Soyez la bienvenue ici, ma gentille demoiselle, fit-elle de son air le plus gracieux; nos poules viennent de pondre, et le petit Jean m'a apporté tout à l'heure de la crême bien fraîche; vous déjeunerez donc comme une reine, je vous le promets.

— Je vous remercie, dame Madeleine, répondit notre héroïne en faisant un petit salut respectueux à la vénérable matrone qui gouvernait en souveraine au presbytère; car Madeleine était l'aide du bon curé pour ses œuvres de charité instante, aussi partageait-elle avec lui l'amour et le respect des habitants du village; je vous remercie de l'accueil aimable que vous voulez bien me faire; mais ce n'est pas pour déjeûner que je viens ici, je l'ai fait avant la messe; c'est seulement pour parler à M. le curé.

— Bah! bah! qu'est-ce que ça fait que vous ayez déjà mangé là-bas? vous mangerez encore ici... A votre âge, l'estomac est un ami complaisant qui se prête à tout; d'ailleurs des œufs et du lait ne font jamais de mal à personne. Et tout en parlant ainsi, Madeleine fit entrer Blanche dans la salle à manger du presbytère.

C'était une petite pièce carrée qu'un examinateur attentif eût trouvé misérable, tant les rares meubles qui s'y montraient étaient vieux et usés; mais qui semblait charmante première vue, tant la propreté et les fleurs y brillaient à tenu. Le grand fauteuil du vieux pasteur, le rouet de Madeleine, une table et quelques chaises en composaient tout le mobilier, sans doute; mais ajoutez-y des rideaux bien blancs aux fenêtres, des cages pleines d'oiseaux gazouilleurs, la cheminée couverte et remplie de pots de fleurs, sur le bord des fenêtres de nouvelles fleurs encore, et vous penserez que là où la nature faisait tous les frais, l'art pouvait être oublié.

Le curé et Blanche se mirent à table.

— Eh bien, mon enfant, reprenez maintenant votre intéressant récit, fit-il après quelques instants donnés à satisfaire les premières exigences de son appétit. Vous rappelez-vous un peu de votre père?

— Oh! oui, je m'en souviens, dit Blanche en tressaillant. Je devais avoir cinq ou six ans quand il nous a quittées, et j'en conserve dans mon cœur une image douce et confuse comme les rêves de cet âge. Il y a surtout un souvenir qui m'est aussi présent que si l'événement ne datait que d'hier seulement. C'était par une froide nuit d'hiver; à travers mon sommeil, je crus entendre dans la maison un mouvement et un bruit inaccoutumés; vers le matin, la porte de la chambre où je couchais s'est ouverte, un homme bien enveloppé d'un grand manteau s'est avancé vers mon lit, j'ai senti sur mes joues un doux baiser et une larme tomber sur mon front. Puis tout a disparu, et le jour même on m'a dit que mon père était parti. Depuis, je ne l'ai jamais revu.

— Pauvre petite!... fit le bon curé tout attendri. Et où étiez-vous alors?

— Je ne sais pas le nom de l'endroit que nous habitions; car je n'ai jamais osé le demander à ma mère. Mais c'était un grand et beau château avec des jardins superbes. Nous y sommes restées longtemps encore, quoique nous y fussions absolument seules ; puis, un jour, des hommes noirs sont arrivés, on nous a fait monter, ma mère et moi, dans une grande voiture, et après avoir roulé pendant plusieurs jours, nous sommes arrivées sur le bord de la mer dans une cabane de pêcheurs. Là, je fus contente et heureuse; mes jours s'y passaient gais et joyeux ; car la bonne Yvonne me soignait comme une enfant chérie ; et le brave Pierre Kerven m'emmenait à la pêche quand le temps était beau. Mais ces jours heureux furent bientôt passés : je tombai malade, et ma mère, pour me guérir, m'emmena dans ce pays. Voilà tout ce que je peux vous raconter de ma modeste vie, mon père ; quant à l'existence de ma pauvre mère, elle est bien triste, car elle pleure toujours, mais alors seulement qu'elle croit que personne ne peut la voir ; elle est trop fière pour montrer ses peines. Puis je l'entends souvent dire à travers ses larmes :

— Mon Dieu ! mon Dieu ! ne me rendrez-vous donc pas le père de mon enfant ?.. Si je mourais, que deviendrait-elle ?...

Alors, monsieur le curé, j'ai pris une résolution ferme ; celle d'obtenir du ciel le bonheur de ma mère, en allant en pèlerinage à Notre-Dame-de-Fourvières, Vierge miraculeuse qui console les affligés. Dites-moi seulement, je vous en prie, comment je dois m'y prendre pour faire ce pieux voyage, et cela sans que ma mère en sache rien.

— Hum ! hum !... fit le vénérable pasteur en se grattant l'oreille, comme pour en faire sortir un bon avis, je n'en sais rien, en vérité, mon enfant ; et tout cela me semble bien difficile à arranger, si ce n'est même impossible...

— Bah !... vous vous embarrassez pour si peu, monsieur le curé ?... dit la vieille Madeleine, qui avait assisté à la conférence comme faisant partie intégrante du mobilier. Eh bien, c'est moi qui me charge de sortir cette jeunesse de peine. Justement j'ai à Lyon une nièce qui, depuis plus de deux ans, me tourmente pour que j'aille la voir; je prierai madame Dorlanges de me confier Blanche, et je m'y prendrai si bien qu'elle ne saura pas me la refuser.

Blanche et même le bon pasteur remercièrent dame Madeleine de son heureuse idée, et notre jeune héroïne se disposait à quitter le presbytère, quand une pensée nouvelle vint comme un nuage sur un ciel pur plisser son front et assombrir sa figure riante.

— Monsieur le curé, fit-elle avec inquiétude, quand on va en pèlerinage, est-ce qu'il faut porter un présent ?...

— Vous voulez dire un *ex-voto*, mon enfant, interrompit en riant le pasteur; cela n'est pas obligatoire, et l'offrande d'un cœur pur comme le vôtre est plus doux au ciel que toutes les richesses de la terre.

— Oh! alors, je suis prête à partir, s'écria l'heureuse fille en frappant ses petites mains l'une contre l'autre, et si dame Madeleine veut venir avec moi chez maman tout de suite, nous viderons la question au plus tôt et je saurai enfin quel jour nous pourrons nous mettre en route.

Dame Marguerite, qui aimait sincèrement la gentille Blanche et qui se faisait aussi, il faut l'avouer, une grande fête de ce voyage, consentit à faire ce qui lui était demandé, et toutes deux, roulant mille projets en tête, arrivèrent chez madame Dorlanges.

Elles la trouvèrent, comme de coutume, seule, froide et triste; on eût dit qu'elle se renfermait en elle-même pour se repaître de sa douleur, les objets qui l'entouraient n'étant pas en harmonie avec elle.

Elle écouta, sans faire paraître de surprise, sans laisser même lire ni sur sa figure ni dans sa voix la moindre émotion, la demande qui lui était faite de se séparer de sa fille, séparation qui ne devait durer que quelques jours, il est vrai; mais le cœur d'une mère est si facile à alarmer que, loin de son enfant, les minutes lui semblent éternelles.

— Et votre désir est-il aussi de me quitter, Blanche? demanda-t-elle en se tournant vers sa fille.

— De vous quitter, maman!... oh! Dieu m'en garde! s'écria notre jeune amie, prête, sur le moindre signe, à s'élancer dans les bras de sa mère; mais dame Madeleine m'a proposé de l'accompagner dans le petit voyage qu'elle va faire, et comme elle n'est pas jeune et qu'à son âge il peut être imprudent de s'exposer ainsi toute seule, j'y ai consenti de tout mon cœur, après votre autorisation, bien entendu, ma chère maman.

— Allez, Blanche, allez... cette vie est triste pour vous, je le sens!... je ne suis pas une compagne bien gaie, et vous n'avez ici ni jeune amie ni les plaisirs de votre âge.

— O maman! est-ce que je me suis jamais plaint?... s'écria la pauvre Blanche; et ses yeux se remplirent de larmes à ces paroles, qu'elle prit pour un reproche.

— C'est bien, ma fille, vous êtes une excellente enfant; ne vous affectez donc pas de ce qui ne peut pas être non plus une plainte de ma part, dit madame Dorlanges, et vous partirez demain, si c'est demain que dame Madeleine a besoin de vous pour se mettre en route. Puis d'un geste elle éloigna la jeune fille et la vieille gouvernante.

Il eût fallu un observateur plus habile que Blanche pour découvrir toute la tendresse qui se cachait sous cette froideur apparente; aussi elle quitta sa mère, comme elle la quittait toujours, le cœur froissé et replié sur lui-même.

Le lendemain, au point du jour, Blanche s'habilla du mieux qu'elle put; elle natta ses beaux cheveux avec soin et tira d'une haute armoire, d'où s'exhalait un doux parfum de fleurs séchées, un frais chapeau de paille qui ne prenait l'air que dans les grandes occasions, mit une robe bien fraîche, fit un petit paquet des effets dont elle pouvait avoir besoin pendant les quelques jours que devait durer son absence; et marchant sur la pointe des pieds, pour ne pas réveiller sa mère, elle rejoignit à la porte de la maison la vieille Madeleine, laquelle, montée sur un âne qui lui avait été prêté par le maître d'école, l'attendait patiemment à la petite grille du jardin; et toutes deux se mirent gaiement en route.

Si Blanche eût tourné la tête vers la maison qu'elle quittait avec tant d'insouciance, elle aurait pu apercevoir, à travers l'épais rideau de mousseline qui voilait sa fenêtre, sa mère lui envoyant une bénédiction et un adieu.

— Quand vous serez fatiguée, Blanche, vous prendrez ma monture, fit la bonne Madeleine avec cordialité; elle marche très-bien, et en alternant ainsi toutes deux, nous arriverons sans accident au but de notre voyage. Nous avons pourtant dix grandes lieues à faire; le savez-vous?...

— Dix grandes lieues! s'écria Blanche avec effroi; mais, mon Dieu! nous n'arriverons jamais aussi loin...

— Dieu nous aidera, mon enfant, fit dame Madeleine en levant les yeux vers le ciel, comme pour lui demander sa protection. Blanche imita sa compagne, et toutes deux, fortifiées après cet appel fait à la divine Providence, commencèrent gaiement leur voyage.

Il faisait une matinée magnifique, et nos voyageuses glissaient le long des haies, s'enivrant des senteurs que leur apportaient les folles brises; Blanche y joignait la joie d'un cœur plein de confiance dans l'entreprise qu'elle tentait, et sa foi dans ses prières était si grande, qu'à mesure qu'elle approchait du but de son voyage, elle sentait raffermir son espoir et sa croyance se fortifier.

La journée employée ainsi ne fut pas trop fatigante ni pour la vieille gouvernante ni pour la jeune fille, d'autant qu'il leur était venu une aide !... un voiturier qui, pour être passé souvent dans le village de ***, connaissait très-bien la vénérable gouvernante du presbytère, leur avait offert une place dans sa carriole, ce qu'elles avaient accepté avec reconnaissance, après avoir eu le soin d'y attacher par derrière le baudet qui leur avait été prêté. Et c'est ainsi qu'elles arrivèrent avec la tombée du jour dans le petit village de Vaise, aujourd'hui l'un des faubourgs de Lyon.

La fatigue apporta une bonne nuit avec elle; et le lendemain matin, avec l'aube, nos deux voyageuses commencèrent leur pèlerinage. Quand elles furent arrivées au haut de la montagne, qui conduisait à la chapelle des grâces de Notre-Dame-de-Fourvières :

— Si c'est pour un vœu que vous montez là-haut, ma jolie demoiselle, il vous faut ôter vos souliers et marcher pieds nus toute la montée, dit un villageois qui passait en sifflant un gai refrain; ça sera pourtant dommage tout de même d'exposer ainsi vos jolis petits pieds, ajouta-t-il avec un sourire. Mais, dame, qui ne donne rien n'a rien; et il faut agir avec la bonne sainte Vierge comme avec le monde.

Blanche remercia le brave homme de son avis; ayant ôté ses souliers, elle se mit à gravir avec mille difficultés cette montagne, couverte de cailloux tranchants; et ce ne fut qu'avec beaucoup de peine que la pauvre enfant atteignit la chapelle, chapelle célèbre par les grâces qu'on y vient demander et par beaucoup qui y sont obtenues. Les *ex-voto* les plus riches et les plus humbles, souvenirs d'orgueil, reconnaissance du cœur, qui couvrent ses murs, en font foi.

En posant le pied sur la terre qui forme le sol de cette chapelle, Blanche s'agenouilla pieusement.

— O Notre-Dame de Bon-Secours! protégez-moi! dit-elle en levant ses mains jointes vers la sainte image; consolez ma mère en faisant revenir auprès d'elle celui qu'elle regrette; rendez-nous tous heureux par cette réconciliation; touchez de votre regard d'ange le cœur de mon père; faites que le passé soit oublié, que si quelqu'un doit souffrir, ce ne soit que moi seule et non mes chers parents... et tous les jours je bénirai votre saint nom!...

— Ma bonne Madeleine, fit-elle en se tournant vers sa vénérable compagne, prêtez-moi, je vous prie, vos ciseaux.

Sans interrompre sa prière, la brave femme détacha la chaîne de métal que, comme toute bonne ménagère du Midi, elle portait toujours à son côté, et la tendit silencieusement à Blanche.

Celle-ci ouvrit les ciseaux, et coupant une de ces belles tresses blondes qui ornaient sa tête comme une couronne :

— Acceptez cette humble offrande d'un cœur qui se donne à vous, sainte Mère de Dieu, dit-elle. J'aime mes cheveux, peut-être même je mets un peu trop de coquetterie dans les soins que je leur donne. Eh bien! c'est ce qui m'est le plus cher que je vous offre... Notre-Dame de Bon-Secours, protégez-moi.

Après avoir ainsi terminé sa prière, Blanche se leva, suspendit ses cheveux à l'autel, fit un signe à sa compagne, et toutes les deux quittèrent la chapelle dans un pieux recueillement.

A peine nos voyageuses étaient-elles arrivées au bas de la montagne que des cris déchirants, qu'elles entendirent retentir auprès d'elle, vinrent porter la terreur dans leur âme. Elles étaient seules : l'une dans la vieillese, l'autre un enfant encore, et le jour était presque complétement tombé. Elles tressaillirent donc d'effroi et, d'instinct, se serrèrent l'une contre l'autre, comme pour se porter un secours mutuel, quand ces mots :

— Il est mort !... il est mort !... — qu'elles entendirent répéter par plusieurs personnes, tout en venant les rassurer sur leur compte, leur apprit qu'un cruel accident devait être arrivé.

Alors dame Madeleine oublia, devant la charité, le poids des ans, et comme l'habitude qu'elle avait de soigner les malades lui donnait une certaine connaissance médicale, elle courut auprès de celui à qui ses secours pouvaient être peut-être utiles encore !... Un homme était étendu sur le chemin, et, suivant la coutume, tous ceux qui l'entouraient parlaient du malheur qui venait d'arriver, au lieu de chercher à voir si l'infortuné vivait encore. C'était, disait-on, son cheval qui l'avait renversé ainsi sur la route ; et le sang s'échappait à grands flots d'une blessure qu'en tombant lui avaient faite les cailloux du chemin.

Dame Madeleine repoussa les curieux, s'agenouilla à côté du blessé, découvrit sa poitrine pour consulter son cœur, tandis que Blanche, qui l'avait suivie et imitée, cherchait à arrêter, à l'aide de son mouchoir et de ses mains, le sang dont la perte devait entraîner la vie s'il y en avait encore.

Au bout de quelques instant, Madeleine jeta au ciel un regard de reconnaissance; elle venait de sentir sous ses mains un léger battement.

— Le pauvre homme respire encore, dit-elle d'une voix émue ; aidez-moi, je vous en supplie, à le transporter dans le premier gîte que nous pourrons trouver, et, Dieu aidant, nous le guérirons tout à fait, je l'espère.

Alors les assistants s'empressèrent auprès du blessé; ainsi que le leur demandait la gouvernante, on lui fit un brancard de feuillage et on l'emporta doucement pour le déposer chez de braves gens qui demeuraient sur la route et qui consentirent à donner leur unique lit pour le coucher. Puis peu à peu chacun s'étant éloigné, Madeleine et Blanche, comme ses anges gardiens, restèrent seules auprès du moribond pour le soigner.

La gouvernante du curé, à qui les vertus des simples étaient très-connues, avait composé une tisane et des emplâtres qui, en peu d'heures, lui rendirent complètement la connaissance.

— Où suis-je?... demanda-t-il avec surprise quand il ouvrit les yeux.

— Vous êtes chez de bonnes gens qui ont bien soin de vous... mais il faut vous taire si vous voulez guérir, répondit Madeleine d'un air de brusquerie douce qui montrait toute son autorité.

— Oui, monsieur, ajouta Blanche, comprenant qu'une explication était nécessaire, votre méchant cheval vous a renversé, et nous vous soignons pour réparer ses méfaits. Tout ceci est donc bien naturel.

En entendant cette voix jeune et fraîche qui lui parlait

ainsi, en voyant le gracieux et doux visage de sa généreuse consolatrice, le malade tressaillit et sentit son cœur se serrer.

— Elle serait ainsi peut-être si elle eût vécu, murmura-t-il doucement. Mon Dieu! mon Dieu! que vous me punissez cruellement de ma folie!...

Puis il ferma les yeux comme pour échapper à une vue importune; mais, malgré lui, il les ouvrait aussitôt, ses regards se fixaient sur Blanche avec tristesse et bonheur; et un sentiment douloureux se peignait sur ses traits quand elle s'éloignait de son lit.

Déjà depuis longtemps la nuit avait fait place au jour, sans que nos deux amies se fussent aperçu de leur fatigue, tant la charité était ardente en elles; pourtant le blessé se trouvait assez bien pour qu'elles pussent, sans le moindre danger pour lui, songer à le quitter, aussi dame Madeleine avait-elle déjà engagé plusieurs fois Blanche à partir pour retourner à leur demeure, mais cela sans que celle-ci pût se décider à y consentir.

— Attendons encore un peu, chère Madeleine, disait-elle; une rechute pourrait arriver et toutes nos peines seraient perdues. D'ailleurs, n'est-ce pas être agréable à Dieu que de soigner ceux qui souffrent... Enfin, elle employait mille raisons pour ne pas s'éloigner d'un lieu où, sans s'en rendre compte, elle sentait que son cœur était attaché.

Il fallut bien pourtant en venir au moment de la séparation.

— Adieu, monsieur, dit-elle au blessé; songez un peu à nous, je vous en conjure, car pour nous, nous ne vous oublierons jamais...

—

— Merci, mademoiselle, merci, mon bon ange, répondit celui-ci avec attendrissement; adieu donc, puisque vous voulez déjà me quitter... adieu; mais, comme souvenir, dites-moi votre nom pour que je le bénisse dans ma reconnaissance.

— Blanche ! fit la jeune fille en rougissant.

— Blanche !... s'exclama le malade, et, poussant un douloureux soupir, il tomba dans un profond évanouissement.

Madeleine et sa jeune amie s'empressèrent aussitôt auprès de lui, et comme il commençait à se reprendre à la vie, un paysan entra dans la chaumière.

— Tenez, mamselle, dit-il à Blanche, v'là un portefeuille qui a dû tomber d'la poche du pauv' mossieu qu'est là dans le lit à Guyonne, car j' l'avons trouvé à la place là ousqu'il a été ramassé lui-même.

Blanche tendit la main, et naturellement ses yeux se portèrent sur des lettres d'or incrustées sur le portefeuille.

— Charles Dorlanges !... s'écria-t-elle en tombant à genoux... Sainte Mère de Dieu, protégez-moi et faites que celui que nous avons sauvé soit mon père !...

CHAPITRE III

Faute de s'entendre.

Nous allons retourner maintenant de quelques années en arrière.

Bien jeune encore, Charles Dorlanges s'était trouvé, par la mort de ses parents, à la tête de son patrimoine. Élevé à Paris, il était revenu dans sa province avec une foule de ces idées vagues, attrayantes, qui, colorées par les rayons de la jeunesse, forment tout un monde imaginaire. Aussi n'avait-il accepté de l'existence que le côté faux et romanesque : des rêveries au lieu du travail, des sentiments au lieu de principes, voilà ce qu'il apportait dans cette vie où les luttes les plus ignorées ne sont pas toujours les moins honorables, où les vertus les plus obscures sont quelquefois les plus belles.

Obéissant à un de ces caprices familiers aux imaginations déréglées, aux caractères mobiles, caprices qui les poussent en un instant d'un extrême à l'autre, Charles, à vingt-quatre ans, ayant cru trouver dans le mariage l'accomplissement ou l'oubli des rêves fleuris de sa jeunesse, avait épousé mademoiselle Germaine Courvoisier, laquelle lui apportait dix-sept ans, une riche dot et une réputation sans tache. Orpheline dès le berceau, Germaine avait passé toute sa jeunesse dans un éloignement complet du monde; elle habitait la campagne, seule avec une vieille gouvernante, à laquelle, en mourant, l'avait confiée sa mère; aussi tout ce qu'on savait d'elle c'est qu'elle était belle, grave et pieuse.

Ce mariage s'était fait par l'intermédiaire des hommes d'affaires des deux futurs. Charles, épris, sans la connaître, de celle qu'on lui offrait, avait accepté avec empressement ce projet d'union qui réalisait pour lui le charme de l'inconnu, et quant à Germaine, elle s'était laissé marier sans faire la moindre observation. Son éducation austère, sa rigide piété ne lui permettaient de préférer personne, et elle tendit la main à l'homme choisi par son notaire, sans se douter qu'il lui fût possible de songer à un autre.

Ce mariage ne fut pas heureux ! Au bout de quelques mois, Charles avait commencé à ressentir les premiers symptômes de ce malaise qui s'empare des imaginations ardentes lorsqu'elles sont forcées de substituer les lignes inflexibles d'une vie tracée d'avance aux horizons lumineux et changeants qu'elles disposaient à leur gré. Ce ne fut d'abord que de l'inquiétude, un besoin vague de changement et d'occupations en dehors du cercle étroit que sa femme avait tracé autour de lui; enfin il éprouvait une sorte de mécontentement qui n'était pas encore de la révolte, mais qui ressemblait déjà à de l'ennui.

Pour démêler et combattre ces symptômes menaçants, il eût fallu une femme plus habile que la pauvre Germaine, si complétement absorbée dans sa vie intérieure que tout ce qui se produisait autour d'elle, passait inaperçu. Aller à la messe, surveiller les domestiques, s'asseoir de longues heures auprès d'une fenêtre son ouvrage à la main, composait toute son existence, et il lui eut été impossible de parler à l'unisson de Charles ce langage de convention qui convient à ces pauvres âmes inquiètes ; car la raison seule paraît bien aride, tandis qu'au contraire la vanité a cela de remarquable, qu'elle est à la fois très-difficile à assouvir et très-facile à amuser. Trop sérieuse et trop sincère pour paraître partager les idées légères et futiles de son mari, elle rattachait toute sa conduite aux lois précises du devoir et ne montrait rien en elle de cette vivacité expansive qui appelle la confiance.

De son côté, Germaine aurait eu besoin de rencontrer un cœur dévoué et attentif qui, à force d'attentions ingénieuses et de délicates prévenances, l'amenât insensiblement à se dépouiller de cette enveloppe de glace que l'isolement avait pour ainsi dire incrustée autour d'elle ; tandis que Charles, avec ces alternatives de gaieté folle ou de sombre humeur, avec cette nuance d'exagération inséparable de son imagination faussée, ne pouvait qu'effaroucher ce caractère craintif, ennemi de toute démonstration. Aussi madame Dorlanges acheva-t-elle de se replier sur elle-même ; et peu soucieuse de suivre son mari dans ces voies inconnues, qui pour elle semblaient le pays des chimères, elle le laissa s'isoler complètement.

Dès lors, il s'éleva entre eux une mystérieuse barrière, une hostilité sourde qui devait s'aggraver chaque jour. Il en est du bonheur domestique comme de ces tissus précieux, mais frêles, que la moindre déchirure finit par mettre en lambeaux. Charles s'obstina de plus en plus dans ces désirs d'une existence différente de celle qu'il menait chez lui, désirs dont on eût pu le distraire en ayant l'air de les partager ; et Germaine s'habitua chaque jour davantage à sceller ce cœur qui se sentait douloureusement blessé avant même d'avoir été offensé.

La naissance d'une jolie petite fille, au lieu de faire de cette joie un sujet de rapprochement entre ces deux âmes déjà si désunies par mille déchirements secrets, n'apporta avec elle que plus de froideur encore. Germaine eut l'imprudence de se retrancher dans sa maternité comme dans une forteresse imprenable; et Charles prit prétexte de ces nouvelles allures pour s'éloigner de la maison pendant des semaines entières.

Une pareille situation ne pouvait durer longtemps, et bientôt s'élevèrent entre les deux époux quelques orages d'un effet d'autant plus désastreux qu'ils roulaient dans le vide, madame Dorlanges, pendant ces crises, restant complètement silencieuse et impassible. Charles, qui eût mieux aimé des reproches et des tempêtes, si on n'avait pas à lui opposer des observations justes et sensées, se débattait contre ce froid silence; dans la verve de sa colère, il laissait tomber de ses lèvres quelques-unes de ces paroles incisives, irréparables, qui entrent dans le cœur comme une lame, et sur lesquelles le cœur se referme en en gardant la plaie incurable. Alors Germaine se levait, toujours calme, sortait de l'appartement sans que ses yeux trahissent aucune souffrance, et allait offrir à Dieu cette douleur nouvelle, douleur qu'elle se fût épargnée si facilement en montrant plus d'affection et de tendre confiance à celui qui ne demandait que cela pour croire encore au bonheur.

Vous le voyez, c'était seulement faute de s'entendre que tous les deux souffraient ainsi cruellement, et cela sans qu'aucun blâme grave, sans qu'aucun défaut sérieux ne fût venu compromettre leur repos et leur bien-être domestique

Cette vie agitée sans travail, monotone sans sérénité, ne tarda pas à devenir complètement antipathique au pauvre Dorlanges, et une pensée, qu'il traita d'abord de criminelle, mais à laquelle pourtant il finit par s'habituer peu à peu, fut que, puisque dans cette existence à deux qu'il subissait depuis plusieurs, années il n'avait pu goûter ni donner le bonheur, il pouvait s'y dérober sans crime; et que, pour le repos, la dignité, non-seulement de lui, mais encore de sa femme, une séparation était préférable à ces récriminations impuissantes qui ne remédiaient à rien et aigrissaient tout.

Une fois que cette idée se fut emparée de son imagination ardente, Charles perdit à se familiariser avec elle le temps qu'il eût dû employer à la vaincre; et bientôt il lui devint aussi difficile de la cacher que de s'en guérir.

Germaine, qui la devina, encore cette fois négligea le combat qui eût pu lui donner la victoire; et au lieu de se servir de ses douces armes d'épouse et de mère, elle se résigna dans sa froideur et n'opposa à son mari que le calme et le silence.

M. Dorlanges vit dans cette conduite un consentement tacite, un secret désir peut-être dans cette résignation passive, qui le rassurait et l'irritait tout ensemble; alors il cessa de se contraindre, et chaque incident de leurs froides ou orageuses journées ne fit que les rapprocher davantage de ce fatal dénouement, qui devenait inévitable dès l'instant que ni l'un ni l'autre des époux ne le regardait plus comme impossible.

Un matin de novembre, Charles, plus triste encore et

surtout plus ennuyé que de coutume, entra dans l'appartement de sa femme, sans aucun parti pris d'agir, mais éprouvant un secret besoin d'émotions, dussent-elles même lui être funestes.

Comme de coutume, Germaine était seule dans son grand salon, vaste pièce presque démeublée et tendue d'une étoffe brune. Elle travaillait à une layette pour les pauvres enfants du village ; et, tout en tirant l'aiguille, elle tournait de temps en temps la tête vers le vaste parc où la petite Blanche, sa fille, riait au milieu de ses joyeux ébats.

— Germaine, dit Charles en se jetant négligemment dans un vaste fauteuil qui se trouvait tout près de celui de sa femme, est-ce que notre existence si récluse ne vous semble pas, comme à moi, la plus stupide du monde ?

— Non, monsieur, répondit froidement madame Dorlanges en reprenant attentivement l'ouvrage que l'entrée de son mari lui avait fait quitter un moment en la forçant à lever les yeux.

— Non ?... Vous êtes bien heureuse, ma chère !... Mais moi, je m'en ennuie de toutes les forces de mon âme !.... et si vous voulez que nous fassions un petit voyage à Paris pour nous distraire, j'en serai fort enchanté.

Encore en ce moment, Germaine pouvait conjurer le malheur prêt à la frapper ; mais elle détourna la tête et répondit toujours avec la même indifférence :

— Je vous ai dit, monsieur, que je ne m'ennuyais pas ; je n'ai donc pas besoin de distractions, pour mon compte.

— Eh bien, moi, comme j'en ai besoin, j'en prendrai sans vous, madame, fit Charles avec un mouvement d'humeur très-marqué.

Après avoir prononcé ces paroles, il se leva, marcha vivement à travers la chambre ; puis, s'étant rapproché de madame Dorlanges, il reprit avec émotion :

— Je suis malheureux, Germaine !... oh ! oui, je suis malheureux !... et cela par votre faute ; car, dites-moi, m'avez-vous donné les joies du foyer, les affections fraternelles de la vie domestique, l'intimité sainte où la souffrance est accueillie par de douces pitiés et le bonheur par des joyeux sourires, toutes ces choses enfin qui sont la vie réelle du cœur ?... Dites... oh ! dites... ne me les avez-vous pas implacablement refusées ?...

A ces paroles échappées à cette âme souffrante, Germaine opposa un froid silence.

— Vous vous taisez, madame, reprit Charles d'un ton ironique qui déguisait mal sa colère, et je vous fais pitié, sans doute... Eh bien ! vous avez raison, je suis un fou indigne de comprendre tout votre mérite ; c'est vrai, je ne suis pas digne de vous... et je ne peux rester ici sans vous rendre malheureuse en étant moi-même malheureux !... Alors, pourquoi chercher à nous tromper tous deux plus longtemps ? Il n'y a qu'un moyen d'échapper à ces collisions pitoyables, d'alléger la chaîne à laquelle nous sommes fatalement rivés vous et moi ; il faut que je parte, que je vous quitte... au moins pour quelques années.

— Si vous jugez cette séparation nécessaire, si vous espérez y trouver le bonheur, vous êtes le maître, monsieur, dit madame Dorlanges en pâlissant un peu, mais toujours calme.

— Vous le voyez, ce moyen ne vous effraye point ; — vous l'aviez prévu, — approuvé peut-être ? fit Charles avec dépit. Eh bien ! qu'il soit donc fait selon notre désir à tous deux ! Je vais partir pour Paris ; je veux savoir enfin si ce besoin d'activité qui me dévore est le rêve d'un fou, d'un enfant, d'un maniaque; je veux travailler, vivre de la vie du monde, chercher, en un mot, le bonheur que je n'ai pas su trouver ici. Je vous laisse ce château, je vous laisse ma fille; vous conserverez ainsi tout ce que vous aimez... Et sans doute, ajouta-t-il avec un sourire amer, votre cœur me saura autant de gré de ce qu'il perd que de ce qu'il garde!...

Charles quitta le salon en prononçant ces dernières paroles, ne parut pas au dîner; et le lendemain matin, au point du jour, il était parti... Pour les domestiques et pour le monde, peut-être pour se donner le change à lui-même, il affecta de dire que cette absence ne serait pas de longue durée; mais M. Dorlanges et sa femme comprirent qu'en se quittant qu'ils se séparaient pour toujours.

Après le départ de son mari, Germaine reprit sans bruit, sans murmure, sa vie triste et solitaire; ses relations avec le voisinage, qui n'avaient jamais été bien suivies que par Charles, cessèrent complètement dès qu'il fut parti. En général n la plaignait, on l'estimait; mais sans vive sympathie. Le monde n'est-il pas presque aussi sévère pour l'abus de certaines vertus que pour le triste éclat qu'entraînent presque toujours les fautes? Et ainsi que l'avait fait le pauvre Dorlanges, il prenait pour de la sécheresse de cœur la placidité de la jeune femme, et son austérité pour de la raideur malveillante. Aussi avait-on trouvé presque naturel que Charles, dont on connaissait le cœur chaud, l'âme impressionnable et ardente, n'eût pu s'accorder avec elle; et lorsque la rupture avait eu lieu, au lieu de blâmer M. Dorlanges, on affecta de le plaindre sans s'en montrer surpris.

Fort indifférente aux jugements du monde, qu'heureusement, d'ailleurs, elle ignorait complétement, car jamais elle n'avait été communicative avec les gens qui l'entouraient, Germaine, nous l'avons vu, reprit sa vie monotone de chaque jour, s'occupant pourtant presque exclusivement de l'éducation de sa petite Blanche; mais là encore l'attendait une douleur plus intime et plus cruelle peut-être que toutes les autres.

Peu de temps avant leur séparation, M. Dorlanges avait fait venir de Paris une gouvernante pour sa fille; et cette femme, d'un esprit droit et aimable, avait su gagner promptement toutes les affections de la pauvre enfant, que l'amour de sa mère, plus austère qu'attrayant, plus sérieux que tendre, éloignait et effrayait tout à la fois. Et elle ne le comprenait que trop, la malheureuse abandonnée : elle n'était pas même aimée par sa fille !...

Heureusement pour elle, cette rivalité douloureuse ne fut pas de longue durée. Un jour, ainsi que nous l'avons vu plus haut, dans le récit qu'avait fait Blanche au bon curé, madame Dorlanges et sa fille ayant été obligées de quitter le château, qui venait d'être saisi par des gens de justice, s'étaient réfugiées auprès de la bonne Yvonne; mais, hélas! là encore notre héroïne donna toute sa tendresse à l'honorable famille chez laquelle elles étaient si bien accueillies, et conserva la même indifférence, ou du moins la même terreur pour sa mère.

C'était une joyeuse et belle enfant, à la bouche souriante, aux yeux brillants, et elle formait un contraste complet enfin entre la calme et froide Germaine; car si elle avait hérité de l'âme pure de sa mère, elle tenait aussi de son père un cœur ardent et expansif.

Pourtant, quand elle tomba malade, quand elle vit celle

qu'elle accusait d'une cruelle indifférence, mourante de douleur à son chevet, la jeune fille sentit son cœur se porter vers cet amour caché, et sinon devina, du moins pressentit toutes les souffrances de celle qu'elle avait méconnue jusqu'alors. Mais jamais, vous l'avez entendu de la bouche même de notre héroïne, jamais la sympathie et la confiance ne purent naître en son cœur. Elle vénérait, elle aimait et respectait sa mère; mais cette tendresse expansive, cette vie à deux, cet amour immense qui ne fait qu'un cœur et qu'une âme d'une mère et de son enfant, lui étaient complètement inconnus.

Alors, dans son besoin d'affections douces, dans son ignorance de toutes choses, Blanche avait songé à son père; elle s'était adressé des questions sur l'absence de celui qu'elle savait vivant encore !... Les enfants ont un instinct qui supplée à l'observation ; ils comprennent beaucoup de choses sans s'en rendre compte; et souvent une peine qu'on leur cache les impressionne vivement.

Ce fut ainsi que Blanche découvrit la douleur de sa mère; et, de ce jour, la réunion des deux êtres qui lui étaient si chers devint l'unique pensée de sa vie. Mais douleur et espérance furent cachées avec soin à celle à qui avant tout elle devait sa confiance ; — elle tenait de Germaine la force de caractère et la résignation. — Vous avez vu comment elle parvint, au moins en partie, à la réalisation de son projet.

Reprenons à son tour la vie de Charles, à dater du moment où il quitta et sa femme et sa fille.

A Paris on accueille toujours fort bien les étrangers, surtout quand ils y apportent de l'argent et viennent y chercher du plaisir; aussi M. Dorlanges eut-il promptement beaucoup d'amis. Aux courses, au bois, au théâtre, il était sans cesse entouré d'une foule de joyeux compagnons; et l'existence ainsi lui parut tellement belle et heureuse que, comme les natures enthousiastes, il s'énivra de son bonheur et s'y plongea tout entier. Mais, hélas! le réveil de ce doux songe fut terrible!... car Charles s'avoua un jour que non-seulement sa fortune, mais encore celle de sa femme et de son enfant, étaient presque totalement englouties dans cette vie de folles joies. Il eut alors un moment de cruel désespoir; heureusement, comme il était aussi d'une nature noble et fière, au lieu de s'abandonner lâchement au torrent et de détourner la tête pour ne pas voir le gouffre où allait se perdre et son argent et son honneur, il sonda la plaie vive, et calcula froidement le danger, s'éloigna de tous ces trompeurs amis qui vous entraînent et vous perdent, vendit toutes ses propriétés, paya toutes ses dettes, et avec les quelques sommes qu'il put réaliser encore, il voulut, par son travail, réparer ses fautes.

D'abord, pendant quelques temps, le sort lui demeura contraire; mais sa persévérance fut plus forte que le malheur, et il sut résister avec tant de force, qu'au bout de quelques années la fortune se décida à lui sourire et qu'il arriva à effacer complètement toutes les brèches faite à son patrimoine et à celui que, par son mariage, lui avait apporté Germaine. Alors, complétement réconcilié avec lui-même, Charles songea au bonheur qu'il éprouverait, s'il pouvait revoir sa femme et son enfant. Il calcula combien Blanche devait être grande; il rêva combien elle devait être belle... et ce qui n'était d'abord qu'une rêverie fugitive devint bientôt une pensée si instante, un désir si vif, qu'il se résolut à aller reconquérir ces deux êtres qui lui étaient redevenus si chers. Mais où les trouver ?... Comme, d'un commun accord, Germaine et Charles avaient gardé un complet silence l'un envers l'autre, aussitôt après leur séparation, ils étaient devenus plus qu'étrangers : ils s'étaient oubliés complétement... d'une part du moins, car la pauvre femme pleurait sans cesse celui qu'elle n'avait pas su s'attacher...

En faisant avec soin des recherches, Charles apprit bientôt que madame Dorlanges et sa fille s'étaient réfugiées dans la chaumière de Kerven le pêcheur, après qu'il eut vendu le château dans le moment de ses désastres ; et là, nous l'avons vu, non-seulement s'étaient bornées toutes les nouvelles, mais encore il y avait trouvé une cruelle déception en apprenant que les chers êtres qu'il cherchait avaient quitté le pays, et cela sans qu'on pût lui faire connaître de quel côté ils avaient été se fixer ; et nous l'avons laissé dans la maisonnette du brave recteur qui s'efforçait à lui rendre du courage, et surtout à connaître ses peines pour arriver à les soulager.

Dorlanges, touché par tant de bonté, lui raconta toute sa vie, ne dissimulant ni ses torts ni ses fautes, et montrant son repentir et sa douleur.

Le recteur l'écouta très-attentivement.

— Le moment des récriminations est passé, lui dit-il, après avoir réfléchi profondément quand le récit fut achevé. Vous avez mal agi, vous le sentez ; je n'ai donc rien à vous dire, et, je le vois, ce dont il s'agit maintenant, c'est de retrouver la trace des fugitives. Elle sont peut-être mortes, dites-vous ; sans cela, comment expliquer cet éternel silence ?... — Envers vous, cela me semble tout naturel... n'en avez-vous pas d'ailleurs donné l'exemple ? —

Avec Yvonne, ça s'explique encore très-bien, en faisant la part du caractère dont vous m'avez dépeint votre femme ; — la pauvre Yvonne n'a pas répondu à la lettre qu'elle a reçue ; madame Dorlanges s'est cru blessée, et, selon son habitude, s'est renfermée en elle-même au lieu de se plaindre. — Espérez donc, au contraire, car les mauvaises nouvelles se savent toujours ; et cherchez tous les moyens possibles pour retrouver celles qui doivent, j'en ai la conviction au fond du cœur, embellir les dernières années de votre vie ; car Dieu récompense toujours le repentir.

Un peu remis de l'émotion cruelle qu'il avait éprouvée, et soutenu de plus par les bonnes paroles du recteur, Charles reprit peu à peu des forces et du courage et il consentit à rester quelques jours avec son nouvel ami en attendant les réponses à plusieurs lettres qu'il avait écrites pour prendre des informations nouvelles.

Le soir même, Charles était retiré dans la petite chambrette que la pauvre hospitalité du bon recteur avait seule pu lui offrir ; mais que lui importait le mobilier dont il allait être entouré en voyant le spectacle magique qui se déroulait devant sa fenêtre ! Elle donnait sur la mer, que la lune éclairait alors d'une lueur blanche et argentée ; il l'ouvrit, et là, appuyé sur le bord, il resta longtemps perdu dans sa rêverie, suivant de l'œil le vol des goëlands et les voiles blanches qui fuyaient pour se perdre à l'horizon. Chaque incident, chaque impression de sa vie lui revinrent à la mémoire, comme si son existence passée se déroulait devant lui, écrite par la main de Dieu. Il était dans un de ces moments où tout s'agrandit dans l'âme, où la conscience vous appelle à son tribunal et vous juge sans partialité ; il songea à son enfance, à sa pauvre mère morte dans ses bras, à Germaine que, pour la première fois, il se demanda s'il l'avait bien comprise; enfin à sa fille, à sa petite Blanche, dont il espérait tant de bonheur et que peut-être il ne reverrait jamais. Alors son cœur, trop plein, ayant besoin de répandre au dehors des émotions qui l'agitaient, il laissa tomber sa tête entre ses mains et ne retint plus ses larmes. Au bout de quelques temps, l'expansion de cette douleur l'ayant soulagé, il se coucha plus calme.

A peine fut-il endormi qu'il se sentit transporté dans un lieu tout resplendissant de lumière, une musique douce et mélodieuse charmait ses sens et faisait monter son âme vers Dieu; — il se trouvait dans une chapelle, agenouillé aux pieds de la statue de la sainte Vierge; — à côté de lui était, agenouillée aussi, une blonde et belle jeune fille qui priait avec ferveur et qui, à chaque instant, entremêlait ses prières de ces paroles, qui retentissaient au fond de son cœur :

— Notre-Dame-de-Fourvières, ayez pitié de moi! rendez-moi mon père bien-aimé !

— Blanche!... murmura-t-il ma fille, me voici! pardonne-moi!...

Alors tout disparut, et Dorlanges, s'étant réveillé, se retrouva sur la modeste couchette de la chambre du bon recteur.

Les agréables souvenirs de ce rêve le tinrent éveillé le reste de la nuit; et à peine le jour eut-il paru qu'il se leva et sortit de la maisonnette, pensant que les douces brises du matin soulageraient sa pauvre tête endolorie par cette insomnie fatigante. Le recteur, suivant son habitude matinale, était déjà sorti pour voir ses pauvres et ses malades.

Tout en marchant, Charles s'enfonca dans un petit chemin

qui n'était pas, comme le reste de la plage, dénué de végétation et de verdure; des tamarins, des pruniers sauvages, quelques ormeaux, quelques aubépines aux baies rouges et brunes, bordaient ses sinueux contours et l'abritaient de leurs feuilles mêmes, reluisantes de rosée. Des deux côtés, des champs de blé noir et de sarrasin étendaient leurs frais tapis parsemés de petites fleurs roses ou blanches : et parfois, dans l'intervalle des haies et des bouquets d'arbres, on apercevait la mer qui prolongeait au loin sa nappe verte et agitée, et dont la brise odorante et saine venait rafraîchir le front et faire rêver plus délicieusement encore

Ce fut au milieu de ce paysage que Dorlanges rencontra son hôte.

— Eh bien, mon ami, lui demanda le bon recteur, en souriant, comment le sommeil vous a-t-il traité sous mon toit? En bon maître ou en esclave rebelle? En un mot, et pour parler plus vulgairement, avez-vous bien dormi?

— Peu, monsieur, très-peu, répondit Charles en tendant affectueusement la main au vertueux Jeannic; mais au moins mon sommeil a été embelli par le plus doux et le plus heureux des songes.

— Bah! Racontez-moi donc cela, fit le vénérable pasteur avec un indulgent et paternel sourire. Vous ne croyez pas aux songes, du moins que j'imagine?

— Oh! non certes, mon père, interrompit Charles en souriant à son tour; mais seulement je me sens plus heureusement ou plus tristement impressionné suivant que les fugitives visions de la nuit ont été agréables ou douloureuses. Et il raconta le songe qui, dans son sommeil, l'avait rendu si heureux.

Le recteur, en l'écoutant, parut plongé dans des réflexions

profondes, réflexions qu'il prolongea même quelque temps encore après que Charles eut fini son récit.

— Mon fils, dit-il enfin d'une voix grave et légèrement émue, non-seulement les desseins de Dieu, mais aussi les moyens qu'il emploie pour arriver à ses fins, nous sont inconnus; ce rêve ne serait-il pas un pressentiment, une intuition de votre âme? Sans tout croire, il ne faut pas tout rejeter non plus. Vous ne savez pas de quel côté tourner vos pas pour retrouver les êtres qui vous sont chers; eh bien, faites un pèlerinage à Notre-Dame-de-Fourvières, comme vous l'indique votre songe. Cette pieuse action vous sera toujours comptée par Celui qui tient nos cœurs dans sa main et qui, seul, peut nous accorder le bonheur. Peut-être l'obtiendrez-vous, mon fils; car c'est la prière qui le donne!...

Le lendemain, Dorlanges, sans partager tout à fait la confiance de l'homme de Dieu, mais en ayant pris dans ses paroles au moins quelque espérance, partit pour faire le pèlerinage qui lui avait été conseillé.

———

CHAPITRE IV.

Qui prouve que songe n'est pas toujours mensonge.

Du moment que Blanche eut découvert que le portefeuille apporté par le paysan appartenait à son père, elle n'eut plus qu'une pensée, qu'un désir ; c'était de découvrir si le blessé n'était lui-même l'être chéri dont elle était venue demander au Ciel le retour ; car ce nom si précieux pour elle gravé sur le portefeuille n'était qu'une espérance, non une réalité... L'objet perdu par le blessé ne pouvait-il pas être ou un dépôt ou un présent seulement ? pensait-elle ; mais au moins, se disait-elle encore, si l'étranger n'était pas son père, il devait connaître celui qu'elle cherchait et pouvait ainsi lui apprendre s'il lui était possible d'espérer le revoir un jour.

Sous un léger prétexte, elle attira dame Madeleine loin du lit du malade, et là, sûre de ne pas être entendue, elle lui raconta ce qu'elle venait de découvrir et lui demanda aide et conseil.

Madeleine fut, comme Blanche l'espérait dans son cœur, de l'avis de rester auprès du blessé pour arriver avec adresse à le faire parler, si ce n'était sur lui-même, car elle aussi doutait encore du hasard providentiel qu'elle eût été trop heureuse de croire pour ne pas craindre de se tromper, au moins de celui qui, bien certainement, se disait-elle encore, devait être son ami. — Et fortes de ce projet, voici donc nos deux voyageuses assises de nouveau auprès du lit de douleur du pauvre patient.

Dorlanges les remercia avec l'accent le plus reconnaissant de leur bonté pour lui.

— Cette charmante enfant est votre fille sans doute? demanda-t-il à Madeleine avec un douloureux soupir.

— Non, monsieur, répondit la vénérable matrone qui, ainsi que Blanche, cherchait comment entamer la conversation qu'elles appelaient de tous leurs vœux; non, elle n'est pas ma fille; mais elle m'est aussi chère que si elle m'appartenait, pauvre enfant!

— Est-elle donc orpheline? interrompit vivement le blessé.

— Non! Dieu en soit loué, monsieur, fit Blanche; j'ai le bonheur de posséder encore ma mère; mais mon père...

Elle s'interrompit alors, ne sachant comment dire ce qu'elle brûlait et craignait tout à la fois de faire connaître: car la pensée affreuse que, puisque son père s'était éloigné, c'est qu'il n'avait aucun attachement ni pour sa mère ni pour elle, lui traversa le cœur. Alors, laissant tomber sa tête avec découragement sur sa poitrine, elle se mit à fondre en larmes.

— Votre père est mort, pauvre petite? dit doucement Dorlanges, qui se méprit à sa douleur.

Blanche secoua tristement la tête.

— Tenez, monsieur, tenez, il faut que ça s'explique et que ça finisse, s'écria dame Madeleine, qui venait de prendre résolument son parti de tout dire. Vous faites beaucoup de peine à cette jeunesse, sans vous en douter; quand, au contraire, vous pourriez la rendre bien heureuse en lui apprenant ce qu'elle désire de tout son cœur savoir, c'est-à-dire où est son père et s'il l'aime encore un peu.

— Mais expliquez-vous, pour Dieu, expliquez-vous!... interrompit le malade avec une anxiété si vive que ses mains jointes tremblaient d'impatience.

Blanche leva la tête.

— Monsieur, dit-elle en montrant le portefeuille, car elle aussi avait repris courage et voulait connaître son sort, quel qu'il fût, est-ce votre nom que voilà gravé ici?... Parlez sans crainte, car ce nom chéri est celui de mon père; et coupable et malheureux, il n'en sera pas moins respecté par moi.

Un cri seul lui répondit; mais ce cri renfermait une joie si vive, que Blanche se précipita dans les bras qui s'étaient ouverts pour la recevoir!...

Comme décrire cette scène touchante nous serait impossible, il faut que votre cœur supplée à nos paroles, chères lectrices, et nous reprendrons nos heureux amis quand, plus calmes, ils songèrent aux moyens à prendre pour que le retour du fugitif au bercail y soit, sinon désiré, au moins accepté par madame Dorlanges, qui, pensaient-ils chacun sans se l'avouer, devait éprouver dans son cœur de cruels ressentiments contre celui qui l'avait abandonnée pendant de si longues années sans qu'un souvenir soit venu en adoucir la peine.

— Je te charge de cette noble entreprise, Blanche, mon enfant, mon ange protecteur, disait le pauvre père en couvrant de baisers les petites mains que l'heureuse fille lui laissait entre les siennes; et c'est ma vie que je te confie ainsi, vois-tu, car vivre loin de toi, maintenant que je t'ai retrouvée si bonne, si belle, si tendre pour moi malgré mes fautes, ne me serait plus possible, et je mourrais, crois-le, s'il me fallait ne plus te voir.

A ces bonnes et tendres paroles, Blanche répondait par des caresses et des larmes ; car, malgré elle, l'inquiétude se glissait dans son cœur. Elle ne connaissait pas toute l'indulgence que cachait la froideur de sa mère, et pensait aussi que vivre loin de son père lui serait impossible, maintenant qu'elle l'avait connu.

Au milieu de toutes ces alternatives de douleur et de joie, le temps s'écoulait avec rapidité, et Dorlanges et sa fille éprouvèrent une peine profonde quand dame Madeleine leur déclara qu'il fallait se quitter enfin. Leur séparation fut d'autant plus cruelle que, sans se l'avouer, l'un et l'autre en redoutaient la durée.

— Promets-moi, Blanche, mais promets-moi sincèrement, dit enfin Dorlanges, que l'espérance parut alors abandonner, que si ta mère refuse de me revoir tu me reviendras seule ; non que je te dise de la quitter aussi, la pauvre créature!... Mais je suis riche aujourd'hui, tu es à l'âge où je peux songer à te marier; alors, une fois ta maîtresse, tu partageras, n'est-ce pas, ton amour entre ta mère et moi, et je te verrai souvent à mon tour?...

Blanche promit tout ce que voulut son père; et, après les plus tendres embrassements, ils se quittèrent enfin. Nos voyageuses montèrent dans la diligence qui devait les ramener chez elles, car leur bourse était bien garnie alors; et le pauvre père resta sur la route pour les voir encore tant qu'un nuage de poussière lui fit connaître la route qu'elles suivaient; puis il rentra tristement chez lui.

Blanche avait douloureusement pleuré en quittant celui qu'elle avait été si heureuse de revoir; mais à mesure qu'elle approchait du terme de son voyage, sa tristesse, sans s'effacer tout à fait, prit un caractère de mélancolie plus douce; et lorsqu'en jetant les yeux par la portière de la voiture elle aperçut dans le lointain l'aiguille fine du clocher du village et le bouquet d'arbres qui entouraient la jolie maisonnette de sa mère, elle se sentit saisie de cette émotion douce que cause, après les crises de la vie, l'aspect des lieux où se sont écoulées les heureuses années de notre insouciante enfance. Chaque buisson lui parlait et chaque arbre, chaque accident de terrain, lui apportait des consolations et des espérances. A l'endroit où le chemin de la petite maison s'embranche sur la grande route, Blanche sauta à bas de la diligence et, le cœur palpitant, se dirigea au pas de course vers la demeure de sa mère, tandis que derrière elle marchait d'un pas lent la bonne Madeleine, qui non-seulement voulait remettre à madame Dorlanges le précieux dépôt qui lui avait été confié; mais encore aider de toutes ses forces sa jeune amie dans la mission délicate qu'elle avait à remplir.

Au moment où Blanche mettait le pied dans le jardin, elle vit accourir vers elle la gentille Musette, qui avait flairé son approche et qui, tout en jappant, se précipitait sur elle comme une trombe. Elle se dégagea doucement de ces tendres atteintes, courut à travers la maison, ouvrit d'une main tremblante la porte de leur salon modeste ; sa mère était assise à sa place ordinaire, rien n'était changé autour d'elle, et si ce n'eût été la pâleur de ses joues, on eût pu la croire complètement indifférente à la *première* absence de son enfant.

Lorsqu'elle vit entrer Blanche, dont elle ignorait encore le retour, elle changea de couleur, se souleva à demi sur son fauteuil comme pour lui tendre les bras, puis retomba aussitôt.

— Maman, ma chère maman, que je suis heureuse de vous revoir !... s'écria Blanche, le cœur trop plein pour pouvoir se contraindre et se laissant tomber à ses genoux.

— Merci, ma fille, merci, mon enfant, fit avec moins de froideur et en passant sa main sur les tresses blondes de sa fille, comme pour lui donner une bénédiction, la pauvre Germaine, touchée de cette expansion de tendresse à laquelle elle n'était point accoutumée; que Dieu soit béni pour le bonheur qu'il me donne !...

— Ce bonheur n'est pas le seul qu'il vous promet, interrompit Blanche en prenant les mains de sa mère avec une câlinerie charmante ; et si vous vouliez...

— Que puis-je vouloir autre chose qui me soit plus doux au cœur que de te voir ainsi auprès de moi, ma fille ? demanda madame Dorlanges, comme si la joie que lui apportait le retour de Blanche eût enfin vaincu la froide et rigide enveloppe dont elle recouvrait tous ses sentiments.

Blanche, toute surprise et doucement émue, la remercia de cette douce parole par un tendre baiser.

— N'y a-t-il donc que moi au monde que vous aimiez, ma mère ? demanda-t-elle en tremblant.

Madame Dorlanges pâlit, ses lèvres frémirent ; mais elle reprit sa froideur accoutumée.

— De qui voulez-vous parler, ma fille ? demanda-t-elle avec calme; est-ce donc de votre père ?

Blanche tressaillit.

— Oui, maman, fit-elle timidement ; et j'ai tort sans

doute, car il me semble maintenant que je ne devrais pas vous parler de lui.

— Pauvre chère petite ! murmura tout bas madame Dorlanges, affreux châtiment des discordes de famille, que les noms les plus doux soient bannis de la bouche des enfants!... Et que vouliez-vous m'en dire, Blanche ? repritelle après quelques instants de silence; parlez, je vous écoute.

A ces paroles encourageantes, notre jeune amie prit dans son cœur assez de courage pour tout raconter à sa mère : les impressions de son enfance, l'attachement qu'elle portait au cher absent, ses prières, son pèlerinage, ses espérances et ses craintes; elle ne dissimula rien, et quand elle en arriva à dire la rencontre qu'elle avait faite du pauvre blessé, ses paroles devinrent si éloquentes, qu'elle fit passer dans son récit toutes les impressions de son âme.

Puis, comme pour la soutenir quand elle paraissait faiblir ou sous son émotion ou sous la terreur que parfois elle éprouvait encore, dame Madeleine lui venait en aide, et elle reprenait alors avec plus d'énergie et d'entraînement.

Pendant le long temps que dura le récit, souvent entrecoupé, de Blanche, sa mère ne l'interrompit ni par un signe, ni par un geste, ni par une parole; mais peu à peu sa figure s'était couverte de larmes. Et quand elle eut fini, Mme Dorlanges la prit dans ses bras, la serra sur son cœur.

— Ecrivez à votre père, ma fille, dit-elle d'une voie émue, qu'il peut venir ici quand il voudra...

— Et vous y consentez ?... Oh ! merci, merci, ma mère! s'écria la pauvre enfant avec une vive émotion ; et elle tomba évanouie aux pieds de Germaine, qui la releva pour la poser sur son cœur...

CONCLUSION.

DE CHARLES DORLANGES AU RECTEUR JEANNIC.

« Mon bon père, mon bien cher ami, c'est, je le crois, à » vous que je dois le bonheur d'être enfin au milieu de ma » chère famille ; aussi est-ce à vous que je veux, avant tout » autre, faire connaître cet heureux événement.

» Vous aviez raison quand vous me disiez que les décrets » de Dieu étaient voilés, qu'ainsi mon songe pouvait être » envoyé par lui et alors n'était pas un mensonge. J'ai » suivi votre conseil, je suis allé à Fourvières, et c'est là, » au pied de cette montagne sainte, que j'ai rencontré l'ange » gardien de mon bonheur, car cet ange est ma fille. Voici » comment cet événement heureux a eu lieu.

» J'étais parti à cheval de Lyon pour me rendre à Four- » vières ; l'animal que je montais était rétif, il eut peur et » me jeta sur la route. Je me blessai assez grièvement pour » perdre connaissance, et quand je revins à moi, je me » trouvai dans une chaumière avec deux femmes à mes » côtés ; et l'une de ces deux femmes, je devrais dire de ces » anges, — admirez la bonté de la Providence, — était ma

» fille bien-aimée, ma belle et chère Blanche, qui, pour » obtenir du ciel le bonheur de revoir son coupable père, » avait, elle aussi, eu l'heureuse pensée de faire ce saint » pèlerinage.

» Je n'ai pas besoin de vous dire notre bonheur à tous » deux, puis nos inquiétudes, quand il fallut nous séparer, » vous le comprendrez facilement, j'en suis sûr, vous dont » le cœur est si généreux, l'âme si charitable et si tendre. » Devions-nous bientôt nous revoir?... La pauvre aban» donnée voudrait-elle me pardonner mes torts?... voilà » l'inquiétude qui nous dévorait sans nous le dire.

» Eh bien, mon père, Dieu a attendri l'âme de Germaine; » je suis auprès d'elle, le passé est oublié et nous ne for» mons plus qu'une heureuse famille. Les natures conte» nues, lorsqu'on a l'art de les deviner, ont au moins cet » avantage qu'on leur sait gré d'une foule de demi-teintes » et de nuances qui, chez les caractères expansifs, passent » inaperçus, et je découvre chaque jour dans le cœur de » celle que j'ai si cruellement oubliée pendant des années » entières des marques de sentiment pour sa fille et pour » moi, qui nous sont à tous deux d'autant plus précieuses, » qu'elles nous ont coûté plus d'efforts à pénétrer. — Et de » Blanche!... que vous dirai-je... Je sens mon impuissance » et je me tais sur elle : car rien de ce que je pourrais dire » n'approcherait seulement de la réalité... Elle est la plus » grande bénédiction que Dieu, en la donnant, puisse ac» corder à un heureux père...

» Je joins une somme assez importante à cette lettre, vé» nérable et cher recteur : une partie est pour vos pauvres; » l'autre est pour rendre le bonheur et le bien-être à la » famille de Kerven, le pêcheur, famille à laquelle vous

» pouvez, en mon nom, annoncer le retour de leur fils tant » pleuré. Un de mes amis, qui est à Marseille, où vient de » rentrer le bâtiment sur lequel sert le pauvre matelot, » l'a racheté pour moi, et m'apprend son départ pour la » Bretagne.

» Merci pour tout cela, mon père, car c'est vous que j'ai » cherché à imiter en agissant ainsi ; vous me l'avez appris, » la charité est l'avocat le plus éloquent que nous ayons au » pied du trône de l'Éternel.

» Votre fils et ami, reconnaissant et respectueux. »

LA PETITE FILLE

A MADEMOISELLE FANNY MILL. . . . .

Voici le temps des fleurs, le joyeux temps des roses !
Pour courir au jardin voir tant de belles choses,
Je suis vite levée ; il fait si bon alors
De s'échapper du nid, de s'élancer dehors,
De courir, de bondir sur cette herbe qui brille,
Couverte de rosée, et, près de la charmille,
D'écouter les oiseaux, petits êtres chantants.
Je voudrais que toujours on retrouvât ensemble
Ces objets gracieux que le printemps rassemble :
Les fleurs, les rayons d'or, les oiseaux, les enfants.
Voyons, examinons cette riche corbeille ;
Chacun de ces bijoux me semble une merveille ;
Jei puis fare un bouquet, maman me l'a permis.
De quoi le composer ? Oh ! d'abord ce beau lis :
On dit que nul tissu n'égale la parure
Que reçoit cette fleur de la seule nature ;
Puis ces œillets charmants, et ces roses surtout ;
Ces jolis boutons d'or ; oh ! mais un peu de tout.
D'abord ce frais bouquet n'est-il pas pour ma mère ?

Je le cueille avec soin, et mon pied, je l'espère,
Ne laissera de trace en ce gentil sentier
Pas plus qu'à l'arbrisseau, qu'il ne fait pas plier,
N'en laisse un roitelet qui, traversant l'espace,
S'y repose un moment. Moi, je ne suis pas lasse,
Et mon pas est léger ; je ne flétrirai rien,
J'en serais trop fâchée. Oh ! que je voudrais bien
En faire aussi des fleurs, moi, mais des fleurs en vie ;
Seulement une branche, une fraîche et jolie.
On en fait, je le sais, mais qui me plaisent peu ;
Tout cela ne vaut pas les roses du bon Dieu.
Le bon Dieu ! qu'il est bon ! car c'est lui qui nous donne
Et les fleurs du printemps et les fruits de l'automne ;
Oh ! bien mieux que cela, nos bien-aimés parents !
La mère, qui sur nous veille à tous les instants ;
Le père, si joyeux alors que pour lui dire
Des mots qu'il aime bien et qui le font sourire,
Je m'attache à son cou, l'enlaçant de mes bras,
Je le baise cent fois en lui parlant tout bas.
Puis mon frère Léon, et puis ma sœur Marie,
Que j'aime tendrement et dont je suis chérie.
Oh ! mais ce n'est pas tout, et pour aimer encor
Nous avons tout là bas notre petit, trésor,
Notre chérie à tous ! c'est la gentille Alice,
Ma sœur ; petit amour qu'emporta la nourrice,
A mon grand désespoir. Ma mère aussi pleura
Le jour qu'elle partit. Quand elle reviendra,
Quelle fête chez nous ! Que je m'en fais de joie !
Comme nous attendons les lettres qu'on envoie
Et qui nous parlent d'elle ! Oh ! oui, l'on pense à vous
Tenez, mignonne, à vous ce baiser, mon plus doux !

Mme LOUISE PRIOU.

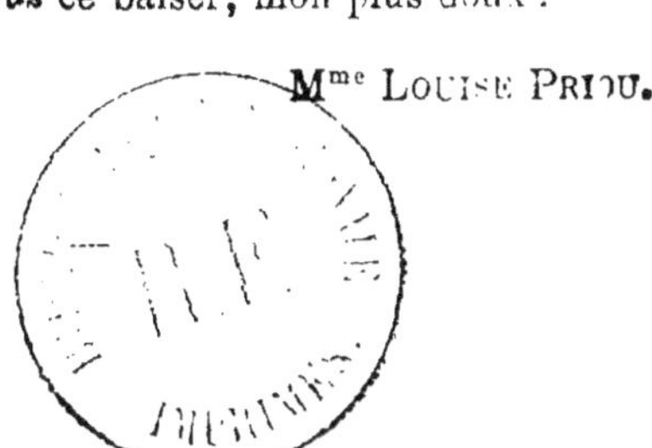

TABLE DES MATIÈRES

Imprimerie Amable Rigaud, Grande-Rue, 31, à Montrouge

DANIEL DE FOË

AVENTURES

DE

ROBINSON CRUSOÉ

TRADUCTION NOUVELLE

PARIS

J. VERMOT, LIBRAIRE-ÉDITEUR

Sr des Maisons HIVERT et DESESSERTS

55, QUAI DES AUGUSTINS, ET PASSAGE DES PANORAMAS, [illegible]

www.ingramcontent.com/pod-product-compliance
Lightning Source LLC
LaVergne TN
LVHW020328230826
846091LV00003B/798
9782013028523